Amir Khusru
Die Geheimnisse der vier Derwische

Neu erzählt von
Amina Shah
Aus dem Englischen von
Kathleen Göpel

INSEL

Titel der englischen Originalausgabe: Tale of the Four Dervishes of Amir Khusru Retold by Amina Shah, London (The Octagon Press Ltd.) 1976

Erste Auflage 1995

Satz: Hümmer GmbH, Waldbüttelbrunn
Druck: Nomos Verlagsgesellschaft, Baden-Baden
Printed in Germany

Dieses Buch ist Robert Graves
in Dankbarkeit gewidmet

»Wer diese Geschichte vernimmt,
wird durch göttliche Macht gesunden.«
Der Sufi-Heilige Nisamuddin Auliyya
(13./14. Jahrhundert)

Als der große Sufilehrer des 13. Jahrhunderts, Nisamuddin Auliyya, einmal krank war, trug ihm sein Schüler, der berühmte persische Dichter Amir Khusru, diese Geschichte vor. Eingedenk dieses Ereignisses verlieh Nisamuddin nach seiner Genesung diesem Buch folgenden Segen:

»Wer diese Geschichte vernimmt, wird durch göttliche Macht gesunden.«

Seit Mir Amman von Delhi das Werk vor anderthalb Jahrhunderten ins Urdu übersetzte, zählt es unter dem Titel *Bagh o Bahar* zu den Klassikern dieser Sprache. *Bagh o Bahar – Garten und Frühling* – ist ein Chronogramm, welches nach dem Abjadsystem[1] zu entschlüsseln ist, woraus sich das Jahr seiner Vollendung ergibt: das Jahr 1217 n. H.[2]

Es heißt, daß der Vortrag dieser Geschichte Kranke wieder gesunden läßt, und daß die allegorische Dimension, die in den Abenteuern der Derwische enthalten ist, Teil einer Lehre ist, welche das Bewußtsein des Wahrheitssuchers auf spirituelle Erleuchtung vorbereitet.

1 arabisches Numerologisches System (durch Zahlenwerte, die den Buchstaben beigeordnet werden, ergeben sich neue, allegorische Wortbedeutungen

2 nach der Hedschra: nach muslimischer Zeitrechnung

Wie Azad Bakht die Derwische traf

Einst lebte in Istanbul in einem großartigen und prächtig ausgestatteten Palast ein großer König namens Azad Bakht.

Unter seiner Herrschaft waren die Bauern glücklich und zufrieden, die Armee war stark und mutig, die Edlen waren von großer Vortrefflichkeit, und die weisen Männer an seinem Hofe hatten in der ganzen Welt nicht ihresgleichen.

Die Türen der Häuser blieben unverschlossen, die Menschen konnten Beutel voller Gold selbst in den dunkelsten und engsten Gassen mit sich tragen, und im ganzen Königreich gab es nicht einen Taschendieb, Räuber oder Betrüger. Tausende von Prinzen mit unbedeutenderen Ländereien zahlten Tribut, und weit und breit priesen die Menschen Azad Bakht als einen Herrscher von unvergleichlicher Weisheit und Macht.

Die Schatzkammer war angefüllt mit Gold und Juwelen, in den Ställen standen die edelsten Stuten und Hengste, und das Land lebte in Frieden.

Aber *eines* war dem König verwehrt und machte sein Herz schwer: Er hatte keinen Sohn, wiewohl ihm mehrere schöne Töchter beschert worden waren.

Eines Tages, als der König vierzig Jahre alt war, bemerkte er in seinem Bart ein weißes Haar. Er suchte und fand noch eines.

Da fühlte er, daß er nun alt wurde und daß er ohne Hoffnung auf Nachkommenschaft war. »Was habe ich in meinem Leben schon getan, das von Nutzen für mich sein könnte!« dachte er laut. »All die Länder, die ich erobert habe, all die Schätze, die ich angehäuft habe, all die Menschen, die meiner Rechtsprechung unterstehen, werden bald an jemand anderen fallen, an jemanden, der nicht meines Namens ist oder aus meiner Familie stammt! Möglicherweise wird es ein Eindringling sein, der meine Reichtümer verschwenden und meine Untertanen in alle Winde zerstreuen wird. Dieses Haar nun, dieser Vorbote des Todes erinnert mich daran, daß ich nicht für ewig auf der Erde leben werde. Ich sollte all meine weltlichen Besitztümer aufgeben und versuchen, ein einfaches Leben zu führen. Vielleicht besitze ich einfach zu viele Dinge, als daß Allah gewillt wäre, mir auch noch einen Sohn zu schenken.«

Indem er so sprach, legte er die allereinfachsten Gewänder an und schickte nach seinem Großwesir.

»Dir und den anderen Ministern obliegt jetzt die Pflicht, Untertanen und Abgesandte in der Audienzhalle zu empfangen und in allen Staatsangelegenheiten so zu verfahren, wie ich selbst es getan hätte. Es ist mein Wunsch, mich in die Abgeschiedenheit zu begeben und meine Tage in Besinnlichkeit und mit Gebeten zuzubringen.«

Daraufhin zog sich der König in seine privaten Gemächer zurück und verbrachte einen großen Teil seiner Zeit mit Gebeten.

Er lebte nur von Datteln und verschmähte die üppigen Mahle, die man ihm vorsetzte.

Kaum hatte sich die Nachricht, daß sich König Azad Bakht von der Welt zurückgezogen habe, im Lande verbreitet und war bis zu den entferntesten Besitztümern gedrungen, da brachen allerorts Aufstände aus. Mißgünstige Prinzen und streitsüchtige Untertanen, üble

Regenten und all jene, die in ihre Schranken verwiesen worden waren, begehrten auf. Nach und nach drangen Nachrichten über Mißwirtschaft an den Hof, und der Wesir und die Höflinge versammelten sich besorgt, um zu beraten.

Sie kamen zu dem Entschluß, daß dem König Bericht zu erstatten sei, auf daß er unverzüglich Botschaften in die abtrünnigen Gebiete senden und befehlen möge, die zerstörte Ordnung wiederherzustellen.

Khiradmand, der treue alte Wesir, näherte sich dem König, verbeugte sich tief vor ihm und sprach: »Eure Majestät, seit geraumer Zeit habt Ihr mir nicht gestattet, Euch aufzusuchen, und nun komme ich voll Sorge, um mich selbst von Eurem Befinden zu überzeugen.«

Der König wandte sich dem alten Mann zu, und mit Besorgtheit nahm der Wesir die Veränderungen im Antlitz seines Herrschers wahr.

Sein Gesicht war schmal und zerfurcht, seine Augen tiefliegend und glänzend, so als habe er Fieber.

»Geh, mein guter Khiradmand«, sagte er schwach, »ich werde diesen Ort nicht wieder verlassen. Kehre du an den Hof zurück und regiere das Reich! Ich vertraue dir in jeglicher Hinsicht.«

»Herr«, erwiderte der Wesir, »Verderben ist über das Reich gekommen, seit Eure Majestät den Thron verlassen haben. Wenn Ihr nicht alsbald strenge Erlasse in alle vier Regionen des Königreiches sendet, wird bald alles verloren sein!«

Der König schüttelte sein Haupt. »Für den Kummer, den ich in meinem Gemüt hege, gibt es keine Abhilfe.« Er berührte seinen Bart. »Schau hier, diese weißen Haare, die jetzt immer zahlreicher werden, sind Vorboten des Todes.

Bis jetzt habe ich keinen Sohn gehabt, und offensichtlich hat Gott es so bestimmt, und nun bin ich ohne Hoffnung auf Nachkommenschaft. Ich bereite mich vor, dies alles hier zu verlassen, um mich in die Wälder oder in eine Höhle in den Bergen zurückzuziehen, um dort den Rest meiner Tage zu verbringen. Wenn ich mich dem Gebet und der inneren Selbstbetrachtung widme, wird mein Los vielleicht ein glücklicheres werden, und möglicherweise werde ich mit der Zeit vergessen können.«

Nachdem er so gesprochen hatte, versank er in Schweigen.

Der Wesir sah, daß sich der Herrscher in einem Zustand tiefer Niedergeschlagenheit befand, aus dem man ihn nicht so leicht würde aufrütteln können.

»Verzeiht Eurem Sklaven seinen Wunsch nach Beachtung«, erwiderte er, »aber aufgrund der langen Jahre, in denen ich Euch stets ergeben war, o Gebieter, beanspruche ich nun das Recht, zu sprechen und möchte darauf verweisen, daß es zur Berufung eines Eremiten gehört, durch Wälder zu streifen und Berge zu erklimmen, nicht aber zu der eines Königs.

Allah hat das Leben vieler Menschen Eurer Obhut anvertraut, und weit erstrecken sich die Reiche, die Eurer Führung bedürfen. Wird nicht Allah am Jüngsten Tage sagen: ›Überließest du meine Geschöpfe, welche ich in deine Hand gegeben habe, indem ich dich zum König gemacht habe, sich selbst?‹ Was wirst zu darauf zur Antwort geben, o großer Azad Bakht?«

Der König schlug sich an die Stirn und antwortete: »Ehrbarer und aufrichtiger Wesir, wie wahr du sprichst! Ich werde zu meinen Pflichten zurückkehren! Wie selbstsüchtig bin ich, daß ich das Zepter des Reiches auf diese gedankenlose Weise aus der Hand geben wollte. Geh und sage den Edlen und Höflingen, daß ich morgen Hof halten werde. Und du, sei gesegnet für deine Weisheit, lieber Freund!«

Am nächsten Tag bestieg der König seinen Thron mit königlicher Pracht, und alle, vom Höchsten bis zum Niedrigsten, kamen, um Seiner Majestät ihre Glückwünsche zu seiner Genesung zu entbieten.

Bald darauf wurden Verordnungen, die von ihm mit eigener Hand geschrieben worden waren, in alle Teile des Reiches gesandt, und abermals herrschten Frieden und Wohlstand. Aber Azad Bakhts Herz war noch immer schwer.

Eines Tages las der König in einem Buche, daß der, den ein Kummer plagt, welcher mit menschlichen Mitteln nicht zu heilen ist, die Gräber der Verstorbenen aufsuchen sollte. ›Denn‹, so hieß es in jener Schrift, ›haben sie nicht alle ihre Reichtümer und all ihren Besitz, Häuser und Nachkommenschaft, Pferde und Elefanten zurückgelassen, und liegen sie dort nicht allein? Alle jene weltlichen Vorzüge haben ihnen nichts genützt, und wie konnten sie ihre Rechnung mit Allah machen? Wenn man über all diese Dinge nachgedacht hat, wird die Blume des Menschenherzens immer blühen. Unter keinen Umständen wird sie welken.‹

Nachdem der König darüber nachgedacht hatte, glaubte er, daß er sich aufmachen sollte, das Grab eines weisen Mannes aufzusuchen, um dort zu meditieren und auch um die Worte seines Großwesirs, Khiradmand, zu bedenken.

»Es wäre unpassend, dorthin zu Pferde zu ziehen, mit juwelengeschmücktem Sattel und goldenen Steigbügeln und umgeben von der königlichen, fahnenschwenkenden Garde. Es wird besser sein für mich, wenn ich einen bäuerlichen Rock trage und mich des Nachts zu den Gräbern der Verstorbenen begebe; vielleicht werde ich durch Versenkung und Betrachtung über jene guten Seelen meine Erlösung erlangen!«

Und so schlich sich der König, sobald es dunkel war – ärmlich gekleidet trug er eine kleine Laterne bei sich – aus seinem Palast. Als er auf dem Friedhof angelangt war, sprach er seine Gebete mit aufrichtigem Herzen.

Plötzlich kam ein heftiger Wind auf, seine Laterne erlosch, und so, als sei Zauberkraft am Werk, wurde sie ihm aus der Hand gerissen.

In einiger Entfernung konnte der König eine Flamme erkennen, die mit einem hellen Licht und ohne zu flackern, gleich einem Stern, leuchtete. Er ging darauf zu, und als er näher kam, konnte er vier Gestalten ausmachen, die, gekleidet in das Flickengewand der Derwische, um die Flamme herum saßen. Ein jeder von ihnen hatte seinen Kopf aufs Knie gelegt, und so verharrten sie dort schweigend, versunken in einer Haltung äußersten Kummers. In ihrer Mitte stand auf einem Stein eine Lampe, welche der Wind nicht berührte, so als seien ihre Flammen verzaubert.

›Ich werde zu diesen guten Männern hingehen und ihnen meine Geschichte erzählen‹, dachte Azad Bakht, ›und vielleicht haben sie Mitleid mit mir und sprechen ein Gebet für mich.‹

Aber wie er so nachdachte, kam ihm ein zweiter Gedanke: ›Wie will ich wissen, wer sie sind, woher sie kommen oder wohin sie gehen? Vielleicht sind sie auch heimtückische Geister, die die Gestalt von Derwischen angenommen haben, oder vielleicht gehören sie zu den niederen Dschinn[1], die es lieben, menschliche Wesen zu peinigen?‹

So verbarg er sich hinter einem Felsen, um etwas von ihrer Unterhaltung zu erlauschen, bevor er sich ihnen zu erkennen geben würde.

Einer der Derwische nieste, was die anderen auffahren ließ, worauf dann alle sagten »Allah sei gepriesen!«, und einer von ihnen stellte die Lampe etwas herunter, worauf sie sogar noch ruhiger und heller als zuvor schien.

Sie zogen ihre Wasserpfeifen hervor und begannen zu rauchen, und jeder machte es sich auf seiner Matte bequem. Dann sagte einer von ihnen: »O Brüder der Freiheit, Freunde in gemeinsamer Pein und Wanderer durch die Welt! Möge jeder von uns seine Geschichte erzählen, denn sind wir uns nicht hier an diesem Ort als Gefährten begegnet? Was der morgige Tag bringen wird, wissen wir nicht; ob wir zusammenbleiben oder uns für immer trennen, ist noch nicht entschieden. So laßt uns diese Nacht im Gespräch verbringen, und jeder wird seine eigene Geschichte erzählen!«

Die anderen nickten zustimmend, worauf der erste Derwisch zu sprechen begann:

1 Dämonen

Die Abenteuer des ersten Derwischs

Wisset, meine Freunde, daß der Ort meiner Geburt das Land Jemen ist. Mein Vater war ein reicher Kaufmann, namens Khwaja Ahmad. Zu der Zeit, von der ich erzähle, gab es keinen reicheren Kaufmann als ihn. In fast allen Ländern hatte er Niederlassungen und Bevollmächtigte, und der Wert seiner Waren war unermeßlich.

Wir waren zwei Kinder, ich und meine Schwester, die den Sohn eines Kaufmannes in einer anderen Stadt heiratete, als sie alt genug war. Ich erhielt eine gute Erziehung, und Lesen und Schreiben wurden mir von den besten Lehrern beigebracht. Auch lernte ich, wie die Bücher zu führen sind, ein außerordentlich wichtiger Bestandteil der Erziehung zum Kaufmann, und befaßte mich auch mit der Wissenschaft und Ausübung der militärischen Künste.

Bis zum Alter von vierzehn Jahren war ich sehr glücklich; die Sorgen der Welt berührten mich nicht. Dann starben im selben Jahr mein Vater und meine Mutter unversehens nach Allahs Fügung.

Ich kann den Kummer, welcher mich damals erfaßte, nicht beschreiben. Es gab keinen Älteren in der Familie, welcher über mich hätte wachen können. Vierzig Tage und Nächte verbrachte ich in einem Zustand äußerster Traurigkeit. Meine Verwandten und Fremde, welche Freunde meiner Eltern gewesen waren, kamen und versammelten sich, um die Trauerfeierlichkeiten abzuhalten. Als die vierzig Tage verstrichen waren, setzten sie mir den Turban meines verstorbenen Vaters aufs Haupt und sagten: »Es ist nun einmal so auf dieser Welt, daß eines jeden

Eltern sterben müssen! Habe Geduld und kümmere dich um dein Geschäft; jetzt nimmst du den Platz deines Vaters ein. Sei umsichtig bei all deinen Unternehmungen und Angelegenheiten!«

Und nachdem sie sich auf freundliche Weise von mir verabschiedet hatten, überließen sie es mir allein, alles so weiterzuführen, wie mein Vater es getan hätte.

Danach kamen all meine Bediensteten, Verwalter und Bevollmächtigten und verbeugten sich vor mir. Sie führten mich durch die Lagerhäuser und zeigten mir das Geld in den Truhen. Ich war erstaunt ob des ungeheuren Reichtums, der meine Phantasie beflügelte.

Ich gab Befehl, eine Empfangshalle für mich vorzubereiten, einen Raum, ausgestattet mit Polstern, prächtigen Teppichen, mit Vorhängen und zierlichen Wandschirmen aus Bambus.

Ich nahm stattliche Gefolgsleute in meine Dienste und ließ sie in die kostbarsten Gewänder kleiden.

Aber kaum hatte ich meines Vaters Stelle im Geschäft eingenommen, da war ich schon von einer großen Zahl von Lügnern und Schmeichlern, Gecken und Schmarotzern umgeben.

Sie lenkten mich mit Ränken und Geschwätz über alles und jeden ab, machten mir weis, daß ich, solange ich noch jung war, die edlen Weine und die feinsten Speisen essen und die Gesellschaft der schönsten Mädchen des Landes genießen solle.

Dies tat ich denn auch nach besten Kräften. Trinken und Würfelspiel nahmen einen großen Teil meiner Zeit ein. Schließlich vergaß ich meine geschäftlichen Angelegenheiten, und meine Unreife ließ mich meinem eigenen Betragen zum Opfer fallen. Meine Diener nahmen sich alles, dessen sie habhaft werden konnten, und während dieser ganzen Zeit verführten mich meine Gefährten der Guten Tage.

Man plünderte mich nach und nach aus. Und es war niemand da, der meinen Besitz geschützt hätte, niemand, der mich beraten oder gewarnt hätte. Niemand führte Buch über das Geld, welches verschwendet, ausgeliehen oder für unsinnige Pläne ausgegeben wurde. In den Büchern gab es keine Eintragungen darüber, woher das Geld gekommen oder wohin es gegangen war. Es war wie das Sprichwort sagt: Wie gewonnen, so zerronnen.

Und hätte ich die Schätze des Midas besessen, sie hätten nicht lange gereicht, so wie die Dinge sich entwickelten. In wenigen kurzen Jahren war all mein Geld dahin, wie Schnee in der Wüste war es geschmolzen. Bald hatte ich anstatt der feinen Kleider, die ich zu tragen gewohnt war, nur noch ein paar Fetzen auf dem Leib. Ein einfaches Käppchen, wie es Dienstboten tragen, war der einzige Schutz für mein Haupt. Auch waren all jene, welche so oft an meinen Festen und am Kartenspiel in meinem Hause teilgenommen hatten, verschwunden. Begegnete ich ihnen in meinem erbärmlichen und mittellosen Zustand zufällig auf der Straße, so wandten sie sich ab und wichen, um mich zu meiden, auf die andere Straßenseite aus. Augenscheinlich flößte ich ihnen Abscheu ein. Das waren meine ›Blutsbrüder‹, welche so oft ausgelassen mit mir gefeiert und viele Male geschworen hatten, ihren letzten Tropfen Blut für mich zu vergießen, falls dies einmal nötig sein sollte.

Meine Dienstboten verließen mich, um in die Dienste von anderen zu treten, bei denen ihnen größerer Lohn winkte; mein Haus war öde und verwaist, meine Schränke waren leer. Jene, welchen ich am meisten vertraut hatte, hatten all meine wertvollen Schätze gestohlen, und niemand war bei mir zurückgeblieben, der mich hätte fragen können: »Wie können wir dir aus diesem betrüblichen Zustand, in den du geraten bist, helfen? Bist du hungrig, durstig, allein?«

Ich hatte keinen Gefährten außer meiner Reue.

Schwach vor Hunger kam ich zu dem Entschluß, mich zu meiner Schwester Fatima aufzumachen und sie um Hilfe zu bitten. Sie würde mich sicherlich nicht so sterben lassen, hoffte ich.

Da wurde mir bewußt, daß ich auf ihre vielen freundlichen Briefe nicht geantwortet hatte, ja, nicht einmal auf ihre Beileidsbekundungen zum Tode unseres Vaters. Jahrelang hatte ich mich nicht nach ihrem Wohlergehen erkundigt, wie konnte ich da jetzt zu ihr gehen, noch dazu in diesem Zustand? In den Augen ihres Mannes brächte ich Schande über unseren Namen! Aber meine Not war so groß, daß ich mich zu ihrem Haus aufmachte; unterwegs bettelte ich, bis ich endlich dort ankam.

Meine Schwester weinte, als sie von meinem Ungemach hörte. Sie umarmte mich und segnete mich aus vollem Herzen.

Aus Dankbarkeit über meine glückliche Ankunft in ihrem Hause verteilte sie Münzen und Öl unter die Armen, und mir gab sie schöne neue Kleider.

Nachdem ich gebadet und geruht hatte, legte ich diese Gewänder an und fühlte mich wie ein neuer Mensch.

Fatima wies mir die schönsten Gemächer zu, nahe ihren eigenen, und überhäufte mich mit allen nur erdenklichen Aufmerksamkeiten. Am Vormittag brachte mir ein Diener kühles Sorbett, um meinen Durst zu stillen, frische und getrocknete Früchte zum Mittagessen und zum Abendessen Kebab, Pilaw und Brot von köstlichem Geschmack. Auch bediente mich Fatima mit eigener Hand und pflegte mich nach meinen Entbehrungen mit großer Sorgfalt wieder gesund.

Ich dankte Allah für meine Rettung, und mehrere Monate gingen so in diesem neuen Frieden dahin.

Eines Tages sagte meine Schwester zu mir: »Mein lieber Bruder, du hast jetzt deine frühere Kraft vollständig wiedererlangt. Ich bin sehr froh darüber, dies zu sehen und zu wissen, daß es dir besser geht. Aber der Mensch ist nicht zu Müßiggang geschaffen. Ich möchte nicht, daß die Leute sagen, du lebtest nun, da du all deinen Besitz verschwendet hast, von den Brosamen vom Tische deines Schwagers!«

Ich erwiderte ihr, daß sie recht habe und daß ich alles tun wolle, wozu sie mir riete.

Nachdem sie mein Einverständnis erhalten hatte, ging sie hinaus und brachte mit Unterstützung ihrer Diener eine große Anzahl Goldstücke herbei, die sie vor mich hinlegte.

»Ein Kaufmann ist im Begriff, mit einem Schiff nach Damaskus abzulegen. Kaufe mit diesem Geld einige Handelsware, gib sie ihm mit auf den Weg und mach dich dann selbst auf. Wenn du dann angekommen bist, verkaufe die Waren an Händler oder verkaufe sie selbst auf dem Bazar, so wie es eben am günstigsten ist.«

Ich dankte ihr, begab mich zu den Lagerhäusern und erwarb eine große Menge kostbarer Güter. Jener Kaufmann, der Fatima als ein ehrlicher Mann bekannt war, stach in See, und ich bereitete mich vor, ihm auf dem Landwege zu folgen.

Als ich von meiner liebevollen Schwester Abschied nahm, gab sie mir ein prunkvolles Gewand und ein hervorragendes arabisches Pferd, dessen Zaumzeug juwelengeschmückt war. Sie tat noch etwas Zuckerwerk in eine Ledertasche, die sie an meinem Sattelknauf befestigte, und reichte mir eine Wasserflasche.
Dann band mir Fatima einen Talisman um den Arm und empfahl mich dem Schutz Allahs auf meiner Reise.
»Kehre wohlbehalten zurück!« sagte sie, als ich mich in den Sattel schwang. »Gott schütze auch dich!« entgegnete ich, und wir schieden.
Nach einer langen Reise erreichte ich schließlich wohlbehalten das große Stadttor von Damaskus. Jedoch wollte mir der Torhüter das Tor nicht öffnen, da es zur Zeit meiner Ankunft schon recht spät in der Nacht war.
»Ich bin ein einsamer Reisender«, rief ich durch das Gitterfenster, »und habe eine lange Reise mit großer Eile hinter mir; sowohl ich, als auch mein Pferd bedürfen dringend der Ruhe und der Speise. Sei so freundlich und öffne das Tor, und es wird mir gewißlich gelingen, irgendwo in der Stadt eine Unterkunft zu finden!«
Darauf kam von innen die barsche Antwort: »Es ist mir nicht erlaubt, das Tor zu dieser Nachtstunde zu öffnen! Du hättest nicht so spät ankommen sollen! Vor dem Morgengrauen können wir dich nicht einlassen.« Und damit wurde das Fenstergitter rasselnd heruntergelassen.
Es blieb mir nichts anderes übrig, als draußen zu bleiben. Ich hüllte mich in eine Decke und setzte mich, an die Stadtmauer gelehnt, neben meinen müden Araber.
Mitten in der Nacht – ich hatte vor lauter Furcht nicht einschlafen können – sah ich, wie eine Truhe von den Mauern der Festung herabgelassen wurde.

Ich dachte, daß jemand innerhalb der Mauern Mitleid mit meiner Lage hatte und mir etwas Nahrung sandte, und so öffnete ich die Truhe, sobald sie auf dem Erdboden angelangt war.
Darin fand ich eine wunderschöne Frau von vornehmer Erscheinung, die sich verwundet und voller Schmerzen in ihrem Blut wälzte. Solch ein schönes Geschöpf in solch einer Not, das würde selbst einen Mann, der ein Herz aus Stein hätte, rühren! Und wie ich sie so erschrocken betrachtete, da merkte ich, wie sich ihre Lippen bewegten, und ich hörte die Worte: »Treuloser Schuft! Gottloser Tyrann! Vergiltst du mir so all das, was ich für dich getan habe? Nun, versetze mir noch einen Streich und laß mich sterben! Ich überlasse es Allah, dich dafür zu strafen!«
Ich starrte ihr ins Gesicht, und nachdem ich ihre Worte vernommen hatte, fragte ich mich, welcher Barbar danach trachten konnte, jemandem wie ihr solches Leid zuzufügen. Von welchem Dämon mochte er besessen sein, daß er seine Hand gegen sie erheben konnte?
Da schlug sie die Augen auf und sah mich an.
In dem Augenblick, als ihr Blick mich traf, schlug mein Herz vor Erregung. Niemals zuvor hatte ich in so schöne Augen geblickt.
Mit einiger Mühe sagte ich: »Herrin, wer seid Ihr und was ist das für eine traurige Angelegenheit?«
Mühsam und schwach erwiderte sie: »Ich bin nur noch für einige Augenblicke dein Gast. Mein Geist macht sich auf, diese Welt zu verlassen.
Wenn ich tot bin, begrabe mich an einem ruhigen Ort, in dieser Truhe, dann werde ich frei sein von guten und schlechten Reden, und du sollst deine Entlohnung dafür erhalten.«

Ihre Augen schlossen sich, und sie schwieg.
Die Nacht über – oder vielmehr während dem, was von ihr noch übriggeblieben war – saß ich neben der Truhe und sprach meine Gebete.
Ich beschloß, am Morgen in die Stadt zu gehen und alles in meiner Macht Stehende zu unternehmen, um die wunderschöne Frau zu retten.
Der Hahn krähte, die Sonne ging auf, und menschliche Stimmen ließen sich vernehmen. Ich verbarg die Truhe unter einem Stück Sacktuch, lud sie auf mein Pferd und zog in die Stadt.
Ich begann damit, mich bei jedem, der mir begegnete, als auch bei den Besitzern der Läden nach einem Haus, welches ich würde mieten können, zu erkundigen und fand schließlich ein geeignetes. Das erste, was ich machte, war, die wunderschöne Frau aus der Truhe zu heben und sie, vollständig angekleidet, wie sie war, auf ein weiches, aus Baumwolldecken bereitetes Lager zu betten. Sodann beauftragte ich einen Diener, über sie zu wachen und machte mich auf die Suche nach einem Heilkundigen. Jemand berichtete mir: »Auf dem und dem Platz ist ein gewisser Barbier, welcher so bewandert in der Kunst der Chirurgie und auch in der Heilkunde ist, daß er sogar, wenn du ihm einen Toten brächtest, den mit Gottes Hilfe wieder zum Leben erwecken wird. Er ist unter dem Namen Isa bekannt.«
Nach einigen weiteren Erkundigungen fand ich ihn.
Er hatte einen langen weißen Bart und saß vor seiner Tür unter dem Säulengang. Mehrere Helfer waren damit beschäftigt, für ihn etwas in Mörsern zu Puder zu stampfen.
Ehrerbietig verbeugte ich mich vor ihm und sagte: »Ich

habe von Euren vorzüglichen Fähigkeiten gehört, Herr, und bin gekommen, Eure Hilfe zu erbitten.
Als ich mich von meinem Land aufmachte, nahm ich meine Gemahlin mit mir, da ich große Zuneigung zu ihr hege. Als wir nun gestern nacht hier zur Stadt kamen, war es schon spät. Mitten in der Nacht, während wir darauf warteten, daß im Morgengrauen die Tore geöffnet würden, überfielen uns Räuber. Sie beraubten mich meiner Wertsachen und verwundeten meine Gemahlin, als sie ihr das Geschmeide von den Armen und vom Hals rissen. Ich konnte sie nicht schützen, und sobald ich konnte, kam ich heute morgen in die Stadt. Hier habe ich ein Haus gemietet und sie dort zurückgelassen, um Euch mit größter Eile aufzusuchen. Ich bitte Euch, kommt mit mir und seht nach meiner Gemahlin, und ich will Euch für den Rest meines Lebens dankbar sein!«
Augenblicklich machte sich Isa, der Wundarzt, mit mir auf und untersuchte die edle Frau, welche still dalag, als sei sie tot.
Isa säuberte ihre Wunden und, wo es erforderlich war, nähte er sie. Er verband sie mit den Binden, die er bei sich führte, und machte mir Hoffnung, daß sie überleben würde.
»In vierzig Tagen«, fuhr er fort, »werden die Wunden der Kranken verheilt sein. Gib ihr diesen Moschusgeist in Rosenwasser und kleine Mengen Hühnerbrühe. Ich werde morgens und abends kommen.«
Ich dankte ihm inbrünstig, und er ging.
Tag und Nacht wachte ich über die wunderschöne Dame und betete täglich um ihre Heilung.
Gerade rechtzeitig traf der Kaufmann, dem ich meine Ware anvertraut hatte, in Damaskus ein und übergab sie

mir. Ich verkaufte sie der Situation entsprechend und begann, das ganze Geld für Arzneien und Heilmittel auszugeben.
Der Wundarzt erschien regelmäßig, und in kurzer Zeit fingen die Wunden an zu heilen.
Bald darauf war die Dame fast vollständig genesen.
Isa, dem Wundarzt, überreichte ich einen großen Beutel voller Gold, für meine Gebieterin hatte ich wunderschöne Teppiche und bestickte Gewänder bereit.
Aus Dankbarkeit verteilte ich große Summen Geldes unter die Armen und Bedürftigen und fühlte mich so glücklich, als sei ich zum König über die sieben Sphären geworden.
Mit zunehmender Genesung begannen die Wangen der wunderschönen Dame die Farbe von Rosen zu zeigen, und ihr Gesicht blühte auf. Ich konnte sie nicht anschauen, ohne verwirrt zu sein. Mein Herz gehörte ihr ganz und gar.
Ich widmete mich gänzlich ihrer Bedienung; aber wenn sie jemals, eingedenk ihres hohen Ranges, geruhte, mich zu bemerken, war es, um Dinge zu sagen wie: »Was immer ich befehle, tue es ohne Widerspruch, auch trage Sorge, daß du zu niemandem auch nur eine Silbe über meine Angelegenheiten verlauten läßt. Du wirst es sonst bereuen.«
So tat ich nichts ohne ihre Zustimmung und versorgte sie mit allem im Überfluß. Und verlangte nichts weiter, als ihre Schönheit anzuschauen.
So verging die Zeit. Bald hatte ich all mein Geld ausgegeben, das ich für die Waren erhalten hatte. Schließlich war ich des Geldes wegen in Sorge und fürchtete, in einem fremden Lande, wo mich niemand kannte, nichts

leihen zu können. Mit wem konnte ich über diese Schwierigkeiten sprechen? Von Tag zu Tag wurde ich bleicher und ängstlicher. Eines Tages sagte die wunderschöne Dame zu mir: »Ich weiß das, was du für mich getan hast, sehr wohl zu schätzen, aber im Augenblick kann ich es dir nicht vergelten. Solltest du jedoch etwas für notwendige Ausgaben benötigen, beunruhige dich deswegen nicht, sondern bringe mir Papier, Feder und Tinte.«

Ich war davon überzeugt, daß diese Dame eine Prinzessin sein mußte, denn ansonsten würde sie nicht mit solcher Kühnheit und solchem Hochmut sprechen.

Unverzüglich brachte ich ihr das Gewünschte, und sie schrieb mit zierlicher Hand eine Nachricht.

»In der Nähe der Festung gibt es drei überwölbte Tore. In der anliegenden Straße lebt ein Sidi Bahar. Gehe und bringe ihm diesen Brief.«

Ich folgte ihren Anweisungen und hatte bald das Haus gefunden. Durch den Türsteher sandte ich Nachricht, daß ich einen Brief zu überbringen hätte. Ein hübscher junger Neger kam heraus und nahm den Brief entgegen. Wortlos ging er zurück ins Haus. Bald darauf kam er abermals heraus, begleitet von einer Anzahl Sklaven, welche elf versiegelte und mit Brokat bedeckte Tabletts trugen.

»Folgt diesem jungen Mann«, befahl er den Sklaven, »und liefert diese Tabletts ab!«

Ich verbeugte mich zum Abschied vor dem Neger und führte die Sklaven zu meinem Haus. Die Tabletts wurden hineingetragen und die Sklaven entlassen.

Die Dame entfernte die Abdeckung von den Tabletts und legte elf Beutel Gold vor mich hin. »Nimm diese Münzen für die Ausgaben! Allah gibt im Überfluß.«

›Was für sonderbare Umstände sind dies!‹ sprach ich bei mir. ›In der Tat, Allah gibt im Überfluß!‹
Ich konnte die Dame nicht nach Warum und Woher des Geldes fragen, um zu erfahren, wie das Überbringen eines einzigen Blattes Papier mir solche Schätze hatte zugänglich machen können.
Acht Tage nach diesem Vorfall sagte die Dame zu mir: »Obgleich zerlumpte Kleider deiner Mannhaftigkeit keinen Abbruch tun, so erweist man doch dem, der ärmlich gekleidet geht, keinen Respekt. Nimm daher diese beiden Beutel Goldes und geh zum Laden von Jussuf, dem Kaufmann, erwirb einige reiche Gewänder und Juwelen von hohem Wert und bringe sie her!«
Sogleich stieg ich auf mein Pferd und ritt zu dem beschriebenen Laden. Dort fand ich einen stattlichen jungen Mann, welcher, gekleidet in ein safranfarbenes Gewand, auf einem Kissen saß.
Ich begrüßte ihn, setzte mich nieder und sprach von den benötigten Artikeln.
Mit großer Höflichkeit erwiderte der junge Kaufmann: »Was immer du brauchst, du kannst es hier bekommen; aber sage mir, aus welchem Lande kommst du, und aus welchen Gründen verweilst du hier in der Stadt Damaskus?«
Ich wollte ihm nicht die ganze Wahrheit erzählen, und so erfand ich eine kurze Geschichte, nahm die Gewänder und die Juwelen und bezahlte sie. Ich war schon im Gehen, als der junge Mann, der ungehalten schien, sagte: »Herr, unter wohlerzogenen Leuten ist es nicht üblich, mit derartiger Kälte aufzutreten, selbst dann nicht, wenn man Zurückhaltung bezüglich privater Angelegenheiten üben möchte.«

Offensichtlich war er derart über meinen hastigen Aufbruch bestürzt, daß ich es nicht für höflich hielt, ihn so eilig zu verlassen. So setzte ich mich wieder hin und sagte: »Verfüge über mich, ich werde deinen Forderungen nachkommen.«
Er war über meine Willfährigkeit erfreut und sagte lächelnd: »Wenn du heute mein unbedeutendes Haus mit deiner Gegenwart ehren möchtest, so könnten wir fröhliche und heitere Stunden zusammen verbringen!«
Ich hatte seit meiner Ankunft in der Stadt die schöne Dame niemals lange alleine gelassen und machte daher, da ich an ihre Einsamkeit dachte, allerlei Ausflüchte. Aber der junge Kaufmann ließ mich nicht gehen, ohne mir das Versprechen abzunehmen, zurückzukommen, nachdem ich meine Sachen nach Hause gebracht hatte.
Ich brachte meiner schönen Gebieterin die Sachen und erzählte ihr alles.
Ich bat um ihre Erlaubnis, zu dem abendlichen Vergnügen zu gehen. Sie erwiderte: »Du hast ein Versprechen gegeben; lasse mich unter Allahs Schutz zurück und nimm die angebotene Gastfreundschaft an.«
Ich entgegnete: »Mein Herz möchte dich nicht verlassen, aber ich werde deinem Befehl gehorchen und gehen. Bis zu meiner Rückkehr wird mein Herz hier an diesem Ort verweilen!«
Nachdem ich so gesprochen hatte, ging ich zum Laden des stattlichen Kaufmanns. Er saß auf einem Stuhl aus Ebenholz und wartete voller Unruhe auf mich.
»Komm herein, Herr«, sagte er, »du hast mich lange warten lassen!«
Er erhob sich und führte mich in einen sehr schönen Garten. Springbrunnen plätscherten in Becken und Kanä-

len; alle nur erdenklichen Sorten von Früchten wuchsen hier und da, und Vögel vieler Arten sangen in den Zweigen. In dem großen Pavillon, der sich inmitten des Gartens befand, waren erlesene persische Seidenteppiche ausgebreitet. Bald entschuldigte sich mein Gastgeber für einige Augenblicke; als er zurückkam, war er in die verschwenderischsten Gewänder gekleidet. Abergläubisch rief ich aus: »Möge der Böse Blick abgewendet werden!«

Er lächelte und sagte: »Auch du sollst angemessen gekleidet sein!« Und Sklaven führten mich in einen anderen Raum, wo sie mir Gewänder gaben, die selbst die meines Gastgebers noch an Prunk übertrafen.

Das Gespräch, das wir führten, war in jeder Hinsicht vornehm, die Darbietungen und die Speisen waren erlesen, und aufs wärmste versicherte er mir seine Freundschaft.

Ein Mundschenk erschien mit einer Karaffe Wein und einem kristallenen Becher. Die Salzfäßchen wurden herumgereicht, und dann reichte man mir weitere erlesene Speisen.

Wieder machte der funkelnde Becher die Runde, und vier junge Tänzer in weiten, wehenden Gewändern erschienen und begannen zu singen und aufzuspielen. Mitten während des Festes begannen sich die Augen des jungen Kaufmannes mit Tränen zu füllen, die ihm zu meiner Bestürzung dick und schwer über die Wangen liefen.

»Nun, da wir Freundschaft fürs Leben geschlossen haben«, wandte er sich an mich, »werde ich dir im Vertrauen auf diese Freundschaft mein Geheimnis mitteilen. Mit deiner Erlaubnis will ich nun nach meiner geliebten Gebieterin schicken, denn ohne sie kann ich mich keines Vergnügens erfreuen.«

Ich entgegnete: »Ich bitte dich, schicke nach ihr ohne Aufschub, denn dein Glück ist auch meines!«
Der junge Kaufmann gab ein Zeichen, und bald trat ein altes verhutzeltes Weib durch den Türvorhang, so häßlich wie eine Menschenfresserin, bei deren Anblick man schon hätte sterben mögen. Ich erschrak bei ihrem Anblick, aber sie nahm an der Seite meines Freundes Platz, und bei mir sagte ich: ›Wie geht es an, daß diese Dämonin von einem so stattlichen jungen Mann derartig geliebt und verehrt wird?‹
Ich murmelte ein Gebet zu meinem Schutz und verharrte schweigend. Die Hexe lachte schamlos und zeigte all ihre Zähne. Mein Gastgeber war außer sich vor Entzücken.
Die Festlichkeiten mit Wein und Musik dauerten drei Tage und drei Nächte an; am vierten Tag fiel ich vor Erschöpfung in tiefen Schlaf. Am nächsten Morgen weckte mich der junge Kaufmann und reichte mir einen Becher mit einem kühlen Trunk. Zu seiner betagten Geliebten gewandt sagte er: »Es wäre unschicklich, unseren Gast noch länger zu beanspruchen. Er mag aufbrechen!«
Ich bedankte mich überschwenglich und legte meine eigenen Kleider an. Ich war bestürzt, daß ich meine engelsgleiche Herrin so lange allein in meinem Haus zurückgelassen hatte. Und ich schämte mich vor mir selbst, daß ich drei Tage und Nächte fortgeblieben war und zu Hause angekommen, entschuldigte ich mich vielmals bei ihr.
Sie lächelte und sprach: »Die Wege der Welt sind mir wohlbekannt, und was macht es, wenn du deinem Freund zuliebe geblieben bist? Aber nun, nachdem du die Gastfreundschaft dieses jungen Kaufmannes genossen hast, halte ich es für angebracht, daß es nun an dir ist, ihn zu einem Fest hierher einzuladen.

Du sollst ihm zweimal soviel geben als er dir gab, und was die dazu erforderlichen Dinge anbelangt, so zähle auf mich!«
Darauf ging ich zu dem Juwelier und lud ihn ein. Sehr erfreut nahm er die Einladung an.
Bei meiner Rückkehr war ich überrascht, ein überaus geschäftiges Treiben vorzufinden. Die Straße war gefegt und mit Wasser besprengt worden, und an der Türe machten Diener mit silbernen Zeremonienstäben ihre Aufwartung. In allen Räumen waren kostbare Teppiche und Wandbehänge ausgebreitet worden, und in der Empfangshalle lagen bestickte Polster bereit, auf denen die Gäste es sich bequem machen konnten.
In den Wandnischen standen Schalen mit Orangen und seltenem Konfekt. Es schienen Lampen in Form von Zypressen und Lotosblüten, duftende Kerzen brannten in goldenen Leuchtern, und jeder der Diener hatte seinen Platz eingenommen. In der Küche klapperten die Töpfe; Gefäße mit Eis standen für das Sorbett bereit, und ein außerordentlich köstlicher Duft erfüllte die Luft. Alles war bereit zu einem fürstlichen Fest. Tänzer und Tänzerinnen, Sänger, Musikanten und Spaßmacher, gekleidet in farbenprächtige, kostbare Gewänder, warteten und sangen derweil.
Ich führte den Kaufmann herein, und er war sehr erstaunt. So ging es auch mir, und ich dachte, wie wundervoll es war, daß in so kurzer Zeit alles hatte vorbereitet werden können.
Jedoch konnte ich nirgends eine Spur meiner wunderschönen Gebieterin entdecken, fand sie aber schließlich in der Küche, ohne Juwelen und angetan mit einfachen Kleidern, wo sie Anweisungen für das Fest gab.

Ich ging zu ihr und dankte ihr für dieses wunderbare Fest, indem ich Segenswünsche über sie sprach.
Sie jedoch war über meine Worte verärgert und rief: »Was habe ich getan, daß du so erstaunt bist? Genug! Ich mag solche Worte nicht. Was sind das für Manieren, hier solcherart Reden zu führen und währenddessen deinen Gast zu vernachlässigen? Gehe zu ihm zurück, schicke nach seiner Gebieterin und gib ihr den Platz an seiner Seite!«
Sofort kehrte ich zu meinem Gast zurück und erwies ihm alle Höflichkeiten. Zwei Sklaven kamen mit Wein und Bechern herein, und wir tranken. Ich sagte: »Bitte, sende eine Botschaft zu deiner Gebieterin, so daß sie kommen und den Abend an deiner Seite genießen möge!«
Er war außerordentlich erfreut, und ich sandte einen Eunuchen, sie herzubringen. Sie traf in einer wundervollen Sänfte ein, aber ich verschloß mich gegen sie, so unheilvoll war ihre Erscheinung. Wiewohl sie in den feinsten Brokat gekleidet war, so waren ihre Augen doch schmal und rotgerändert, und der Bart auf ihrem Kinn war nicht zu übersehen. Ihr verwelkter Hals war juwelenbehangen, und sie trug Ringe an jedem Finger. Die Smaragde an ihren Ohren waren von hohem Wert.
Ich empfing sie mit scheinbarer Freundlichkeit, aber ich war von ihrer Erscheinung aufs äußerste abgestoßen. Als der junge Mann sie erblickte, war er entzückt, und die Alte umarmte diesen stattlichen Kaufmann. Sie zogen aller Augen auf sich, und ein jeder der Gäste sagte zu seinem Nachbarn: »Natürlich muß man Laila mit den Augen des armen verrückten Madschnun sehen!« Und jedermann stimmte dem zu.
So vergingen mit Unterhaltungen und Festlichkeiten drei Tage und drei Nächte.

In der vierten Nacht sagte der junge Kaufmann zu mir: »Nun muß ich dich um Erlaubnis bitten, dich verlassen zu dürfen, denn um deiner Freundschaft willen habe ich meine Geschäfte völlig vernachlässigt. Bitte, setz dich für einen Moment zu mir, und ich werde mich glücklich schätzen!«
Dann machten die Weinbecher mit solcher Schnelligkeit die Runde, daß ich bald besinnungslos wurde.
Als der Morgen nahte, erwachte ich mit arg schmerzendem Kopf und war sehr überrascht, was von den nächtlichen Schönheiten geblieben war. All die Speisen, das Silber, die Diener, die Möbel waren verschwunden. Das Haus war leer bis auf ein großes Bündel, das in einer Ecke in der Halle lag. In meinem halbbetäubten Zustand ging ich dort hinüber und zerrte es auseinander. Zu meinem Entsetzen fand ich darin den Leichnam meines Freundes, des Kaufmannes, und jenen des alten, häßlichen Weibes, seiner Geliebten, die beide noch mit all ihrem Putz und ihren Juwelen bedeckt waren.
Dies versetzte mir einen solchen Schrecken, daß ich zur Türe stolperte, wo ich einen der Diener entdeckte, welchen ich fragte, was um Allahs Willen sich denn zugetragen hatte.
Er entgegnete kurz: »Was soll dir die Erklärung schon nützen?«
Mir wurde klar, wie recht er hatte, und so fragte ich ihn: »In welchem Haus befindet sich die geliebte Herrin?«
»Was immer ich weiß, werde ich dir sagen«, kam die rätselhafte Antwort, »aber es wundert mich, daß du dich ohne die Erlaubnis der gnädigen Herrin derart dem Trinken ergeben hast!«

Ich war tief beschämt über meine Torheit und bat den Mann inständig, mir den Aufenthaltsort der Herrin zu nennen, und zwar unverzüglich. Der Bursche, der nun freundlicher wurde, nannte mir das Haus und machte sich dann daran, die beiden Leichname zu bestatten.

Nachdem ich zum Haus meiner Gebieterin gefunden hatte, wartete ich den ganzen Tag und die ganze Nacht über in einem Zustand der Ungewißheit davor, bis sie endlich im Licht des heraufdämmernden Morgens aus dem Fenster schaute.

Ich fühlte eine große Freude und pries Allahs Hilfe.

Bald darauf kam einer ihrer Diener zu mir und sagte: »Geh und warte in der benachbarten Moschee; vielleicht wird sich der Wunsch deines Herzens erfüllen.«

Ich wartete lange Zeit in der Moschee, und voller Erwartung ließ ich die Tür den ganzen Tag über nicht aus den Augen. Gegen Abend betrat der gleiche Diener, von dem ich den Hinweis, wo ich die Dame finden würde, erhalten hatte, die Moschee. Er nahm mich mit sich und hieß mich in einem kleinen Garten niedersitzen. »Bleib hier«, sagte er, »bis dein Wunsch erfüllt ist!«

Ich vertrieb mir die Zeit, indem ich die Blumen, den Glanz des Vollmondes und die Wasserspiele im Mondlicht bewunderte.

Nach einer Weile – in Gedanken verglich ich gerade meine wunderschöne Herrin mit den Rosen und dem Mond – kam sie in den Garten. Sie trug ein kostbares, perlenbesticktes Kleid und war von Kopf bis Fuß in einen bestickten Schleier aus blauer Seide gehüllt.

Sie setzte sich an einen Platz, und ich lief zu ihr hin, bot ihr mein Leben an und stand wie ein Sklave mit gekreuzten Armen vor ihr.

Der Diener, welcher ihr Kämmerer war, erschien ebenfalls, brachte meine Angelegenheit vor und bat um Milde für mich.
Ich sagte: »Ich bin schuldig, und wie immer die Strafe auch ausfallen mag, ich werde sie annehmen.«
Die Dame, zweifellos ungehalten, sprach hochmütig: »Das beste, das jetzt für ihn getan werden kann, ist, ihm einen Beutel mit hundert Goldstücken zu geben, so daß er, nachdem er seine Angelegenheiten hier geregelt hat, in sein eigenes Land zurückkehren kann.« Sie blickte dabei nicht einmal in meine Richtung.
Als ich diese Worte vernahm, wurde ich starr wie ein Holzklotz, und die Welt um mich herum wurde scharz.
»Wenn ich einen Wunsch nach weltlichem Wohlergehen gehabt hätte«, sagte ich, »hätte ich dann mein Leben dir und deinen Anweisungen gewidmet? Bedeutet dir das Bekenntnis, welches ich durch meine Dienste abgelegt habe, so wenig, daß du mich derart mit Mißfallen überschüttest? Für mich hat das Leben so keinen Sinn mehr; für den Liebenden gibt es keine Zuflucht vor der Treulosigkeit der Geliebten!«
»Wie«, rief sie aus, »du solltest mein Geliebter sein? O du Narr! Kleine Münder sollten nicht so große Worte äußern! Schweig! Hätte ein anderer diesen Unsinn gesprochen, ich hätte Befehl gegeben, ihn in Stücke reißen zu lassen! Aber was soll ich tun, da ich mich deiner Dienste entsinne? Es ist das beste für dich, dich nun auf den Heimweg zu machen.«
Ich sagte, daß der Wunsch meines Herzens nun niemals Erfüllung finden würde und daß es nunmehr mein Schicksal sein wird, elendig bis an mein Lebensende durch die Wälder und über die Berge zu streifen.

Als ich geendet hatte, entgegnete sie: »Diesen Anspielungen und diesem schmeichlerischen Unsinn kann ich nicht beipflichten! Geh und erzähle das denen, die solches hören wollen!«

Darauf erhob sie sich und kehrte ins Haus zurück.

Ich flehte sie an, mich anzuhören, aber es kam keine Antwort. Und so ging ich fort, hoffnungslos und verzweifelt.

Vierzig Tage lang zog ich in den Gassen der Stadt umher, dann lief ich in die nahegelegenen Wälder, und als ich dort keine Ruhe finden konnte, kehrte ich in die Stadt zurück. Des Tags dachte ich nicht an Nahrung und des Nachts nicht an Schlaf. Ich war wie ein Verrückter. Alle Kraft hatte meinen Körper verlassen. Als ich schwächer wurde, schleppte ich mich zu den Mauern der besagten Moschee und legte mich dort nieder. Eines Tages kam der Kämmerer der Herrin, um seine Gebete zu sprechen, und ging dicht an mir vorüber. Ich wiederholte gerade diese Zeilen: »Gib meinem Verstand die Kraft, diese Qualen des Herzens zu ertragen, oder gib mir den Tod!«

Obgleich ich mich sehr verändert hatte, erkannte mich der Kämmerer und sagte freundlich: »In welch einen Zustand hast du dich gebracht!«

Dann ging der Mann in die Moschee, sprach seine Gebete – und dann, als er wieder herauskam, setzte er mich in eine Sänfte und holte zwei Sklaven, um mich zum Haus dieser gleichgültigen Dame bringen zu lassen.

Obwohl ich mich sehr verändert hatte, schien sie mich doch wiedererkannt zu haben, aber sie verstellte sich und fragte den Mann, wer ich sei.

Er antwortete, daß ich jener Unglückliche sei, der nur für sie lebe. Obgleich ich versucht hätte, sie zu vergessen, sei mein Leben immer unerträglicher geworden. Sie sagte scherzhaft, daß es sich hierbei nicht um mich handeln könne, denn habe sie nicht Nachricht von ihren Beauftragten erhalten, daß ich längst schon in mein Heimatland zurückgekehrt sei?

Aber der Mann bestand darauf, daß ich es wirklich sei. Da gab sie schließlich Befehl, mich gesund zu pflegen, und sagte, daß sie danach weitere Erkundigungen über mich einholen würde.

Wir baten sie beide mit großem Ernst, mir doch mehr Beweise ihrer Gunst zu erzeigen, und so rief sie die Ärzte. Diese stellten nach gründlicher Nachforschung fest, daß ich in Liebe entbrannt sei und daß mich nur eine Wiedervereinigung mit meiner Geliebten würde heilen können.

So gab sie Befehl, mich zu baden und neu einzukleiden, und als man mich wieder zu ihr brachte, bat sie mich, zu sagen, was mir auf dem Herzen läge.

O ihr Derwische! Ich war so aufgeregt, daß ich kaum an mich halten konnte! Ich sagte: »Ich gehorche Eurem Befehl. Erlaubt mir, bei Euch zu bleiben, richtet mich auf!«

So befahl sie, den Obersten Richter zu holen, und wir wurden vermählt. Ich fühlte nun, daß all meine Schwierigkeiten geschwunden waren, aber da gab es noch etwas, was mich beunruhigte. Mir wurde deutlich, daß ich die Geheimnisse, die sich hinter den Ereignissen, von denen ich auch ein Teil geworden war, verbargen, würde kennen müssen. Aufgrund dieses Wunsches vollzog ich die Ehe noch nicht.

Am folgenden Morgen bemerkte sie, daß ich wirklich ein seltsames Wesen sei, und fragte mich, was ich denn wolle.

Ich erklärte ihr, daß mir nicht wohl sei, da ich nicht in der Lage sei, auch nur das geringste von all den Dingen zu verstehen, die mir während meiner Beziehung zu ihr widerfahren waren.
Sie erwiderte, daß sie mir schon einmal gesagt habe, ich solle mich nicht in ihre Angelegenheiten mischen. Als ich aber auf meiner Forderung bestand, wies sie mich darauf hin, daß ein Wissen um ihr Geheimnis Anlaß zu großen Unannehmlichkeiten geben könne. Aber ich ließ mich nicht überzeugen, so daß sie endlich einwilligte, sich zu erklären.

Die Erzählung der Prinzessin von Damaskus

Ich bin die einzige Tochter des Königs von Damaskus. Ich wurde mit der größten Sorgfalt erzogen, und über viele Jahre hin kannte ich keinen traurigen Augenblick. Aber schließlich schien sich meine Veranlagung zu ändern, und ich wurde melancholisch und verwirrt.

Schließlich schlug einer der Diener vor, daß ich einen bestimmten Arzneitrunk einnehmen sollte, der meine Lebensfreude gewißlich wiederherstellen würde. Ich willigte ein, dies zu versuchen, worauf er mit einem Knaben zurückkehrte, welcher den damit gefüllten Becher trug. Dies schien mich zu beleben, und ich bat darum, mir diesen Trank jeden Tag um die gleiche Zeit zu bringen.

Nun, irgend etwas Seltsames war in jenem Trank, so daß ich lachte und spielte, und bald war ich ganz närrisch nach dem jungen Mundschenk. Ich gab ihm eine recht ansehnliche Menge Geld, er aber erschien stets in derselben schmutzigen Kleidung. Eines Tages fragte ich ihn, warum er sich nicht besser kleidete. Er erklärte, daß ihm sein Herr alles, was er bekomme, wegnehme und so ordnete ich an, ihn in meinem eigenen Hause zu speisen, zu kleiden und zu unterrichten, damit aus ihm ein Gesellschafter würde, der meiner würdig wäre.

Jahre vergingen, und als dieser Knabe zu einem Mann wurde, wollten ihm die königlichen Diener nicht länger gestatten, die Frauengemächer des Palastes zu betreten.

Diese Entscheidung machte mich einsam und allein, und

es schien keine Möglichkeit zu geben, seine Besuche fortzusetzen.
Ich befahl dem Kämmerer, dem Jüngling einige tausend Goldstücke auszuhändigen, so daß er sich als ein Juwelier auf dem Markt niederlassen konnte, mit einem vornehmen Haus, Dienern und hervorragender Ware, die er verkaufen konnte.
Binnen kurzer Zeit war er so erfolgreich, daß er fast den gesamten Juwelenhandel der Hauptstadt in der Hand hatte. Jedermann von Bedeutung, die Mitglieder des Hofes eingeschlossen, kaufte bei ihm.
Aber auch wenn ich ihm zu einem glücklichen Leben verholfen hatte, so sehnte ich mich doch noch immer nach seiner Gesellschaft und ersann einen Plan. Damit er mich besuchen konnte, wies ich meine Diener an, einen Gang von seinem Hause zu meinem Palast zu graben. Sobald dieser fertiggestellt war, pflegten wir unsere Abende gemeinsam mit Essen und Trinken zuzubringen.
Eines Abends, als mein Bote ging, ihn zu holen, wollte er nicht mit ihm kommen, sondern blieb, wo er war, in schier untröstlicher Verfassung.
Ich sandte den Mann zurück, um ihm auszurichten, daß, falls er nicht sofort kommen würde, ich zu ihm gehen würde, auch auf die Gefahr hin, entdeckt zu werden.
So kam er schließlich, aber es war eine Kälte an ihm, wie ich sie bisher bei ihm noch nicht erlebt hatte. Ich erkundigte mich nach der Ursache seiner Bedrücktheit, und schließlich erklärte er sich. Wie er sagte, wurde ein außerordentlich hübsches Haus mit wundervollen Gärten, das, nicht weit von seinem eigenen entfernt, ganz in der Mitte der Stadt lag, zum Kauf angeboten. Sein Preis war enorm, denn zusammen mit dem Haus sollte eine wundervolle

junge Sängerin verkauft werden; insgesamt würde er eine Viertel Million Goldstücke benötigen. Der Eigentümer war nicht gewillt, das eine ohne das andere zu verkaufen. Sofort gab ich Befehl, das Haus für ihn zu kaufen, worauf er sich wandelte und den Rest der Nacht in gewohnter Fröhlichkeit mit mir verbrachte.

Von jener Zeit an kam er weiterhin des Nachts zu mir.

Eines Tages im darauffolgenden Frühling kam in mir der Wunsch auf, selbst den wundersamen Garten des Jünglings zu sehen. Ich nahm nur eine Dienerin mit und machte mich auf den Weg durch den Tunnel und dann zu dem Garten. Dieser glich tatsächlich einem Märchenland.

Ich fand den Jüngling, und er zeigte mir die wundervolle Beleuchtung, die Vögel, die Pflanzen und alles andere an jenem lieblichen Ort.

Bald sagte er: »Laß uns hingehen und auf jenem Balkon dort drüben Platz nehmen!«

Als wir dort saßen und von dem hohen Turm die Lichter der Stadt, welche sich vor uns ausbreitete, betrachteten, erschien plötzlich ein verhutzeltes altes Weib mit einer Karaffe Wein in der Hand. Verwundert fragte ich, wer sie sei. Er erwiderte: »Das ist dieses faszinierende und außergewöhnliche Weib, welches ich dank deiner Großzügigkeit zusammen mit diesem Besitz erworben habe.«

Es gelang mir kaum, meine Wut und meine Enttäuschung zu verbergen, aber bevor ich mir überlegen konnte, was ich tun oder sagen sollte, begannen sie damit, mir mit einem starken Gebräu aus jener verwünschten Flasche zuzusetzen, bis mir schwindelte. Sodann wurde ich Zeuge davon, wie sich die beiden auf eine schändliche Weise betrugen.

Auf das Äußerste abgestoßen von dem, was ich erlebt hatte, begann ich mich, so schnell ich nur konnte, auf den Heimweg zu machen.
Nachdem er sich mit dem alten Weib beraten hatte, war der junge Mann zu dem Entschluß gekommen, daß ich in Freiheit zu gefährlich für sie wäre. Er kam mir nach, warf mir seinen Turban zu Füßen und bat um Vergebung. Verblendet wie ich war, ließ ich mich erweichen. Er und das alte Weib brachten mich dann dazu, noch mehr von ihrem Wein zu trinken, so daß ich alsbald das Bewußtsein verlor und mich an nichts mehr erinnerte.
Sodann durchbohrte mich der Jüngling mit seinem Schwert und glaubte, er habe mich getötet.
Als ich den Schmerz spürte, öffnete ich die Augen und sagte: »Gemäß meiner Handlungen bin ich entlohnt worden. Nimm dich in acht vor dem Preis meines Todes! Wasch das Blut aus deinen Kleidern und halte geheim, was hier geschehen ist! Ich bin getreu gewesen, selbst im Tod.«
Dann empfahl ich ihn in Allahs Hände und verlor das Bewußtsein. Da er mich für tot hielt, legte er mich in die hölzerne Truhe, die er dann von der Stadtmauer herabließ, so wie du selbst es bezeugen kannst.
Hätte ich nicht Vergnügen bei den Menschen gesucht – nie wäre ich in diese Lage geraten! Nachdem mich Allah hat sterben lassen, so rief er mich gleichsam ins Leben zurück. Laß uns sehen, was die Zukunft bringt!
Du hast weder Kosten noch Mühen gescheut, mir zu helfen. Als ich merkte, daß du arm zu werden schienst, schickte ich nach Sidi Bahar, meinem Schatzmeister. Er gab dir das Geld. In der Gewißheit, daß du dich mit ihm befreunden und ihn schließlich einladen würdest, in dei-

nem Haus zu speisen, schickte ich dich zum Laden von Jussuf, dem Kaufmann. Ich sorgte dafür, daß unsere Leute die verschwenderischen Unterhaltungen für ihn vorbereiteten.

Mein Vater, der König, ist fort zu einer langen Reise durch seine Besitzungen, und somit war es mir möglich, mich von zu Hause zu entfernen. Sidi Bahar sandte meiner Mutter, der Königin, Nachricht von meinen Abenteuern. Sie war von großer Sorge erfüllt und machte mir Vorhaltungen, daß ich das Ansehen des Thrones beschmutzen würde.

Aber zu guter Letzt willigte sie doch ein, mir zu helfen, mich an dem Jüngling und der fürchterlichen Alten zu rächen, indem sie mir Leute ihres Haushaltes entsandte, um das Fest jener Nacht vorzubereiten.

Um jener Rache willen ließ ich dich den Jüngling bitten, nach der Alten zu schicken, damit auch sie sich dazugeselle. Als ein jeder, du eingeschlossen, trunken war und die Besinnung verloren hatte, befahl ich einer Kalmükkenwächterin, den beiden Schurken dafür, daß sie versucht hatten, mich zu morden, die Köpfe abzuschlagen.

Auf dich war ich zornig, weil du dich auf ein Trinkgelage mit Leuten, die du kaum kanntest, eingelassen hattest.

Nun, da du alles weißt, denke ich, daß weder du noch ich in dieser Stadt verweilen sollten. Von nun an bist du der Gebieter!

Der erste Derwisch
kehrt zu seiner Erzählung zurück

»O ihr Diener Allahs!« Ich sagte zu der Prinzessin: »Als dein Diener werde ich ausführen, was auch immer du vorschlagen wirst!«

Sie wußte meine Bereitwilligkeit, mich ihren Befehlen gegenüber willfährig zu erweisen, zu würdigen. Sie sorgte dafür, daß zwei schnelle Pferde aus den königlichen Ställen herbeigebracht wurden. Die Prinzessin verkleidete sich als Mann, und schwer bewaffnet machten wir uns des Nachts auf die Reise.

Wir reisten Tag um Tag; manchmal jagten wir Tiere und aßen deren Fleisch. Von Zeit zu Zeit sagte die Prinzessin zu mir: »Um deinetwillen habe ich meine Eltern, mein Land, meine Ehre, alles verlassen. Möge es niemals geschehen, daß du mir gegenüber treulos handelst!«

Ich versicherte ihr: »Nicht alle Männer sind gleich. Ich liebe dich. Mit jenem Jüngling, welcher dich hinterging, stimmte etwas nicht. Ich habe mein Los mit dem deinen verknüpft; alles, was ich habe, ist dein. Prüfe mich, und du wirst finden, daß ich nicht ablassen werde!«

Eines Tages kamen wir zu einer Ebene, in der es kaum etwas gab, das deren Eintönigkeit aufgelockert hätte; es gab kein Haus, nichts. Aber selbst hier bewirkte die Anwesenheit der Prinzessin, daß ich es reizvoll fand.

Alsbald kamen wir zu einem breiten Fluß von ungeheurer Größe. Weit und breit war nichts als Wasser zu sehen, und es schien keine Möglichkeit zu geben, hinüberzugelangen.

Eine Weile lang standen wir dort und versuchten, einen Weg zu ersinnen, diesen breiten Fluß zu überqueren.
So schlug ich der Prinzessin vor, zu warten, während ich losreiten würde, um ein Boot oder eine Furt zu finden.
Sie sagte, daß sie hungrig und müde sei und gewißlich dort warten wolle. Ich ließ sie unter einem mächtigen Baum zurück. Sodann zog ich los und suchte und suchte, konnte aber nichts finden, mit dessen Hilfe sich der Strom hätte überqueren lassen.
Als ich zu dem Baum zurückkam, war die Prinzessin verschwunden.
Ich suchte überall nach meinem kostbaren Juwel. Sie war weder im Baum, noch darunter, noch an einem anderen Ort, der mir zugänglich gewesen wäre. Tiefste Verzweiflung überkam mich; ich zerriß meine Kleider und wanderte umher wie ein Verrückter. Ich wurde ein Fakir, und im ganzen Land suchte ich nach ihr.
Schließlich kam ich an einen Berg. Da drängte sich mir nach allem, was geschehen war, der Gedanke auf, seinen Gipfel zu erklimmen und mich von dort hinabzustürzen, um auf diese Weise mein Dasein und somit ein unerträgliches Elend zu beendigen.
Als ich mich eben anschickte, mich von dem Berg hinunter auf die darunter liegenden Felsen zu stürzen, berührte jemand meinen Arm. Ich wandte mich um und erblickte einen Reiter, gekleidet in Grün und mit einem Schleier vor dem Gesicht. Er sagte zu mir: »Warum willst du dein Leben zerstören? Verzweiflung ist Treulosigkeit gegen Allah. Solange es Atem gibt, solange gibt es auch Hoffnung. In wenigen Tagen werden drei Derwische zusammenkommen. Gleich dir sind auch sie in Schwierigkeiten verwickelt; sie sind durch ähnliche Schwierigkeiten und

Erfahrungen wie du gegangen. Der König des Landes Roum wird Azad Bakht genannt. Auch er ist in großen Nöten. Wenn er mit euch vieren zusammentrifft, wird der Herzenswunsch eines jeden von euch in Erfüllung gehen!«

Ich ergriff seinen Steigbügel, küßte ihn und sagte: »O Freund Allahs! Was du gesagt hast, hat mich getröstet. In Allahs Namen, bitte sage mir, wer du bist!«

Er entgegnete: »Ich bin Ali. Meine Aufgabe ist es, immer wenn jemand in Not ist, dazusein, um ihm beizustehen.«

Kaum daß er gesprochen hatte, war er schon verschwunden.

Nach dieser geheimnisvollen Begegnung fühlte ich mich recht ermutigt, und gemäß dem Rat dieses spirituellen Lehrmeisters machte ich mich auf nach Istanbul in Roum. Nach all der Mühsal, die mir das Schicksal auf dieser Reise beschieden hat, bin ich euch begegnet. Wir sind zusammengekommen. Wir haben miteinander gesprochen. Nun fehlt uns nur noch, König Azad Bakht zu begegnen. Wenn dies geschieht, dann wird sich die Sehnsucht in unseren Herzen erfüllen. O spirituelle Lehrmeister! Laßt uns beten, daß unsere Schwierigkeiten gelöst werden mögen!«

Azad Bakht, noch immer in seinem Versteck, hatte dieser Geschichte mit größter Aufmerksamkeit gelauscht und machte sich bereit, die Geschichte des zweiten Derwischs anzuhören.

Die Abenteuer des zweiten Derwischs

Als es nun an dem zweiten Derwisch war, seine Geschichte zu erzählen, setzte er sich mit gekreuzten Beinen zurecht und begann mit einem Gedicht:

Freunde, hört diese Geschichte eines Fakirs,
Lauscht ihr vom Anfang bis zum Schluß.
Hört, was kein Arzt kann heilen –
Leid, das keine Linderung kennt.

O ihr Träger des Derwischgewandes! Ich bin der Prinz des Königreiches von Persien. Es ist ein wundervolles Land, welches große Männer hervorgebracht hat. In diesem Geist wurde ich aufgezogen, und im Alter von vierzehn Jahren war ich in allen uns bekannten Wissenschaften wohl unterrichtet.

Ich pflegte mir Erzählungen aus weit entfernten Ländern anzuhören und meine Zeit mit bemerkenswerten Menschen zu verbringen, wobei ich vielerlei interessante Dinge zu hören bekam. Eines Tages sagte mir einer meiner Gefährten, daß, obgleich der Mensch an sich nicht verläßlich ist, gewisse menschliche Taten jedoch eines Sterblichen Namen bis zur Wiederauferstehung fortdauern lassen.

Ich zeigte mich daran interessiert und sagte, daß ich mehr darüber wissen wolle. So erzählte mir dieser weise Mann die Geschichte von Hatim Tai, dem edelmütigsten Menschen, den es jemals gegeben hat.

»Es war einmal«, begann er, »ein gewisser arabischer König auf Hatim Tai eifersüchtig und zog gegen ihn in den Krieg. Hatim Tai jedoch hatte entschieden, daß es nicht richtig für ihn sei, wenn er, nur um sein eigenes Reich zu behalten, unschuldiges Blut vergieße. Er ging fort und verbarg sich um seiner eigenen Sicherheit willen in einer Berghöhle.
Kaum daß sein Feind Naufal erfahren hatte, daß Hatim Tai verschwunden war, bemächtigte er sich dessen gesamten Besitzes und setzte eine Belohnung von fünfhundert Goldstücken auf den Kopf des Königs aus.
Eines Tages sammelten ein armer alter Mann und seine Frau in der Nähe von Hatims Höhle Holz. Die Frau sagte: ›Wenn wir nur Hatim Tai finden und zu Naufal bringen könnten, dann wären wir reich, und unsere Mühen und Leiden hätten ein Ende!‹
›Warum sollte sich durch solch einen Zufall unser Schicksal ändern?‹ antwortete der Mann.
Aber Hatim hatte ihr Gespräch mit angehört. Er kam aus seinem Versteck und sprach: ›Freund, ich bin Hatim Tai. Bringe mich zu Naufal und laß dir die Belohnung geben!‹
Der alte Mann erwiderte: ›Wahrlich, das würde unser Wohlergehen sichern, aber was wird er mit dir tun? Ich möchte nicht dein Blut an meinen Händen haben; und ungeachtet dessen, wie lange mein Leben auch sein mag, so muß ich mich am Ende doch vor Allah verantworten.‹
›Ich komme aus freiem Willen, und dich trifft auf keinen Fall die Schuld‹, sagte Hatim.

Wieder und wieder weigerte sich der Greis. Schließlich sagte Hatim: ›Wenn du mich nicht hinbringst, gehe ich selbst zu Naufal und erzähle ihm, ihr hättet mich in der Berghöhle versteckt.‹

Der alte Mann machte Einwände, und so kam es, daß andere Leute, die in der Nähe waren, die heftige Auseinandersetzung hören konnten und herbeiliefen. Als sie ihren früheren König erkannten, ergriffen sie ihn und brachten ihn zu seinem Feind Naufal.

Laut klagend folgte ihnen der alte Mann mit seinem Weib.

Als Naufal fragte: ›Wer hat ihn ergriffen?‹ erwiderte ein Schurke: ›Wer anders als ich!‹ Wieder ein anderer behauptete, daß er Hatim Tai unter großen Mühen aufgespürt habe. Beide forderten die Belohnung.

Der alte Mann stand schweigend daneben und weinte um Hatim, seinen König. Aber Hatim sprach: ›Die Wahrheit ist: Dieser alte Mann ist die Ursache, daß ich hergebracht wurde. Dies ist mein eigenes Zeugnis, dies ist von meiner Zunge. Komm, belohne ihn!‹

Naufal rief den Holzfäller vor sich und befahl ihm, die tatsächlichen Begebenheiten zu erzählen, und der alte Mann trug alles richtig von Anfang bis Ende vor.

Als Naufal von dem übergroßen Edelmut des königlichen Flüchtlings vernahm, war er erstaunt. Er sagte: ›Hatim Tai! Dein Edelmut hat nicht einmal davor haltgemacht, dein eigenes Leben herzugeben.‹

Anstelle der Goldstücke erhielten die Lügner dieselbe Zahl an Hieben.

Als dies getan war, erkannte der unrechtmäßige König, daß es sich nicht mit den Geboten der Ehre vereinbaren ließ, feindliche Gefühle gegen einen Mann zu hegen, der

von so edlem Wesen war wie Hatim Tai. Er nahm Hatim bei der Hand und sagte zu ihm: ›Wenn dein Wesen so beschaffen ist, warum solltest du dann nicht so sein?‹
Dem alten Holzfäller gab er fünfhundert Goldstücke, und Hatim Tai erhielt von ihm sein Königreich zurück.«

Der zweite Derwisch kehrt zu seiner Erzählung zurück

Kaum hatte ich diese Geschichte vernommen, erkannte ich, daß, wenn es Hatim Tai als Scheich eines arabischen Stammes gelingen konnte, durch seine persönlichen Taten einen Ruhm, der in die Geschichte einging, zu erlangen – so sollte ich, König von Persien doch gewißlich ähnliche Segnungen erringen können.
Wie ein Mensch in diesem weltlichen Leben gibt, so wird ihm im nächsten gegeben werden. Ich gab Befehl, unverzüglich ein großes Gebäude mit vierzig Türen zu errichten.
Ich begann damit, mich der Reihe nach an jeweils eine der Türen zu setzen und jedem Geld zu geben, welcher es begehrte. Und dies ist, was sich zutrug:

Die Geschichte von dem Derwisch und dem Fakir

Eines Tages kam ein Fakir durch die erste Tür, und ich gab ihm ein Goldstück. Am nächsten Tag trat er durch die zweite Tür, und ich gab ihm zwei Goldstücke. Ich gab sie ihm, obwohl ich mir darüber im klaren war, daß es derselbe Mann war. Und auf die gleiche Weise betrat er das Haus nun täglich, Tür um Tür erhöhte er seine Forderungen, jedesmal um ein Goldstück, bis er an der vierzigsten Tür angelangt war, wo er um nicht weniger als vierzig Goldstücke bat. Ich gab sie ihm.

Am folgenden Tag war er wieder an der Tür und bat um ein Goldstück. Als ich ihn erblickte, war ich sehr verärgert und sagte: »Hör mir zu, Fakir! Was für ein gieriges Wesen bist du? ›Fakir‹ bedeutet ›arm‹, und dein Benehmen sollte sich in Übereinstimmung mit diesem Beinamen befinden.«
Er antwortete: »Nun denn, dann sage mir, was das bedeutet.«
Ich entgegnete: »Es bedeutet Enthaltsamkeit, Zurückgezogenheit und Zufriedenheit mit seinem Los. Solange du das nicht verstehst, bist du kein Fakir. Dieses Geld ist nicht zum Horten gedacht, sondern dazu, denjenigen, die in Not sind, zu helfen. Nicht genug damit, daß du vierzigmal empfangen hast und mehr Goldstücke von Mal zu Mal, jetzt fängst du wieder von vorne an. Was hast du mit all dem Geld vor? Ist das die Art von Lehre, wie sie dir dein Lehrer gegeben hat?«
Kaum hatte ich meine Rede beendet, da wurde er wütend. Er warf mir jede einzelne Münze, die ich ihm gegeben hatte, vor die Füße und schrie: »Nimm alles zurück, was du gegeben hast, und zügle deine Zunge! Es ist schwer, edelmütig zu sein. Erlerne die Grundlagen des Edelmutes und dann handle gemäß dieser Grundlagen!«
Dies bewirkte, daß ich mich unbehaglich fühlte, und so sagte ich: »Sage mir, worin diese bestehen.«
Er gab zur Antwort: »Bevor du edelmütig sein kannst, mußt du – genau wie beim Armsein – drei Eigenschaften erwerben, die du ausübst. Diese sind: Geduld, Ehrfurcht vor dem Göttlichen und Sich-Erinnern. Versuche nicht, edelmütig zu sein, solange du diese nicht besitzt. Ein edelmütiger Mensch ist, auch wenn er etwas Falsches tun sollte, ein Freund des Allmächtigen. Obwohl ich viele

Länder bereist habe, so habe ich niemals einen wirklich edelmütigen Menschen getroffen, außer der Prinzessin von Basra. Sie ist in das himmlische Gewand des Edelmutes gekleidet, das alle gerne haben möchten, aber unter ihnen ist keiner, der aus wirklichem Edelmut handelt.«
Als er geendet hatte, bat ich ihn, mir zu vergeben und das Geld zu nehmen. Er aber ging seines Weges und sagte: »Und selbst wenn du mir dein ganzes Königreich zum Geschenk machtest, nicht einmal, um darauf zu spucken würde ich es haben wollen!«
Mich hatte nun großes Verlangen danach ergriffen, die Prinzessin von Basra zu sehen. Mittlerweile aber starb mein Vater, der König, und ich bestieg den Thron.
Ich hatte das Königreich geerbt, aber der Gedanke, nach Basra zu gehen, verließ mich nicht mehr. Schließlich rief ich meine Emire und Wesire, meine Befehlshaber und Minister zusammen und teilte ihnen mit, daß ich losziehen würde. Sie schienen von meinem Plan nicht sehr erbaut zu sein, aber ich machte mich allein, als Fakir gekleidet, auf den Weg.
Nach einigen Tagen erreichte ich einen Rastplatz, unweit der Stadt Basra, und von da an warteten mir jedesmal, wenn ich des Abends haltmachte, Diener der Prinzessin auf und versorgten mich mit Speisen und Getränken im Überfluß.
So reiste ich eine ganze Weile auf bequeme Weise, bis ich schließlich die Stadt erreichte.
Kaum hatte ich sie betreten, da näherte sich mir ein stattlicher junger Mann, der mich ansprach: »Ich bin der, welchen man mit der Aufgabe betraut hat, Freund und Diener aller Reisenden zu sein, die hierherkommen – seien sie nun Pilger oder Kaufleute. Bitte, heiliger Mann,

kommt in mein Haus und erlaubt mir, für Euch zu sorgen.«

»Sage mir«, fragte ich ihn, »wie ist dein Name?«

»Ich bin Bedar Bakht«, antwortete er.

Ich ging mit ihm, und bald kamen wir zu seinem Haus. Es war ein prächtiger Palast, alles war erlesen und fein. Er hieß mich, Platz zu nehmen und sandte nach einem Diener, um mir Hände und Füße zu waschen. Dann wurde ein weißes, linnenes Tuch auf dem Boden ausgebreitet, und die ausgesuchtesten Speisen wurden aufgetragen. Ich nahm ein wenig von jedem Teller, und bald war mein Magen gesättigt.

Ich konnte nichts mehr essen und zog meine Hand zurück.

Der junge Mann sagte, er sei betrübt, daß ich so bescheiden gegessen hätte und drängte mich, weiterzuessen.

Ich schüttelte den Kopf und segnete ihn für seine Gastfreundschaft. Dann schickte er nach Wasser, gekühlt mit Eis und gewürzt mit Zitrone, und ich trank. Das Tuch wurde entfernt, und große goldene Becken und Kannen zum Waschen der Hände wurden hereingetragen.

Als der Abend kam, brachte man duftende Kerzen in funkelnden, gläsernen Schirmen, und jener freundliche junge Mann unterhielt mich, bis es Schlafenszeit war. Und obwohl ich lediglich um ein Hirschfell oder eine einfache Matte auf dem Boden gebeten hatte, bot man mir ein geräumiges Bett an mit Vorhängen und Netzen gegen die Mücken. Und zu guter Letzt legte ich mich in das Bett, das weicher war als jedes, in welchem ich jemals zuvor geschlafen hatte. Gefäße voller Rosen wurden zu den Seiten des Bettes aufgestellt, und duftendes Räucherwerk brannte die ganze Nacht über in meinem Raum. Als der

Morgen anbrach, fand ich Pistazien vor, Trauben, Walnüsse, Feigen, Korinthen, Datteln und eisgekühlten Sorbett aus den erlesensten Fruchtsäften. Auf diese Weise verbrachte ich drei Tage und drei Nächte. Als ich am vierten Tag Anstalten zum Aufbruch traf, fragte der junge Mann: »Worin habe ich es an Gastfreundschaft fehlen lassen, daß es dir nicht mehr gefällt, hierzubleiben?«
Ich war verwundert und erwiderte: »Verlangt es nicht der Anstand, daß ein Gast nur drei Tage und Nächte bleibt und am vierten Tag aufbricht?«
»Warte«, sagte er, »damit ich zur Prinzessin gehen und ihr sagen kann, daß du abreist! Alles, was in deinem Gemach ist, Kleidung, goldene Schüsseln und Teller und Pokale aus Jade, gehört dir, und du kannst es mitnehmen. Ich werde dafür sorgen, daß es für dich eingepackt wird.«
»Halt!« rief ich. »Ich bin ein Pilger und kein umherziehender Vagabund!«
»Herr«, sagte er, »sollte Eure Weigerung der Prinzessin zu Ohren kommen, sie würde mich unverzüglich aus ihrem Dienst entlassen, und Allah weiß, welche Bestrafungen mich sonst noch erwarten. Wenn Ihr diese Dinge nicht haben möchtet, so bringt sie in einen der Räume hier und verschließt die Tür mit Eurem eigenen Siegel, so daß Ihr über sie verfügen könnt, wenn es Euch später einmal gefällt.«
So beharrlich war er, daß ich schließlich einwilligte und meinen persönlichen Siegelring in das Wachs an der Tür eindrückte.
Mittlerweile war ein anderer Beauftragter in einem fein bestickten Gewand und mit einem goldenen Zeremonienstab erschienen und bat mich nun, mit ihm zu seiner Wohnung zu kommen, so daß er mir seine Gastfreund-

schaft gewähren könne. Er erklärte: »Allah allein weiß, welche Strafe mir zugedacht wird, wenn die Prinzessin hören sollte, daß ein Reisender hier gewesen ist und nicht mit äußerster Höflichkeit und Freundlichkeit empfangen wurde!« Schließlich überredete er mich, mit ihm zu kommen, und so gelangte ich in einen anderen Palast, der noch verschwenderischer als der vorige ausgestattet war.

Nach dem dritten Tag wurde mir abermals erklärt, daß alles, was ich benutzt hatte, nun mein Eigentum sei und daß ich es mitnehmen möge.

»Wie kann es mir nach Dingen dieser Welt gelüsten?« fragte ich wütend. »Ich bin ein Pilger und bedarf nichts als mein Gewand und meine Sandalen! Und ich möchte auch wirklich nichts«, fügte ich hinzu, »aber, wenn es dir recht ist, werde ich eine Mitteilung an die Prinzessin schreiben und sie wissen lassen, daß ich in Basra solcherart Gastfreundschaft genossen habe, wie ich sie niemals werde vergessen können.«

Ich griff zu Feder und Papier und schrieb: »Ich habe von dem übergroßen Edelmut Eurer Majestät gehört, und seit dem Augenblick meiner Ankunft hier habe ich mich seiner erfreut, und nun möchte ich darlegen, daß ich, ein König in meinem eigenen Land, einzig und allein nur aus der Absicht, Euch zu sehen, hierher gekommen bin. Durch Euer Wohlwollen hoffe ich, die Sehnsucht meines Herzens zu erfüllen. Wenn dieses mein Ansinnen nicht gewährt werden kann, werde ich weiter umherziehen, vielleicht für immer, um mein rastloses Leben in meiner Leidenschaft für Euch zu opfern.«

Während der Brief der Prinzessin überbracht wurde, wartete ich klopfenden Herzens.

Eine Ewigkeit schien vergangen zu sein, als ich endlich zur Tür des Serails geführt wurde.
Drinnen erblickte ich auf einem goldenen Diwan eine reizende ältere Dame, gekleidet in feine Seiden, juwelengeschmückt und umgeben von Eunuchen und Sklaven.
Ich hielt sie für die oberste Haremsaufseherin und begrüßte sie dementsprechend.
»Komm näher und setz dich!« sagte sie. »Du warst es, der den Brief an die Prinzessin schrieb?«
Ich senkte den Kopf und fühlte mich beschämt; sie aber antwortete freundlich: »Die Prinzessin sendet dir eine Botschaft: ›Es ist nichts Falsches daran, wenn ich einen Ehemann nehme, aber von dir selbst als einen ›König im eigenen Land‹ zu sprechen und damit in deinem armseligen Zustand zu prahlen – dies scheint mir wirklich verfehlt. Aber da du weltlichen Reichtümern gegenüber gleichgültig bist und Gott mir solchen Reichtum gegeben hat, daß er nicht gezählt werden kann, so könnte es eine gute Verbindung werden. Aber bevor wir uns vermählen können, mußt du eine Aufgabe ausführen.‹«
»Und worin besteht die?« wollte ich wissen.
»Bleibe heute hier im Palast, morgen werde ich es dir erklären«, sagte die alte Dame. Ich willigte ein, verabschiedete mich und verließ das Serail.
An jenem Abend waren alle bei dem großen Fest, das im Palast gegeben wurde, zugegen, und auch ich nahm teil. Ein Sklave rief einen Mann namens Bahrawar, der neben mir sitzen sollte. »O Bahrawar, berichte diesem Fremden alles, was du gesehen hast!« sagte der Sklave.
»O Freund«, begann Bahrawar, »unsere Prinzessin hat Tausende von Sklaven, und unter ihnen bin ich einer ihrer geringsten. Regelmäßig sendet sie uns mit Waren und Gü-

tern in verschiedene Teile der Welt, und wir kehren zurück, nachdem unser Handel mit jenen fernen Gegenden erfolgreich abgeschlossen ist.
Die Prinzessin pflegt sich von Zeit zu Zeit von jedem einzelnen Bericht darüber erstatten zu lassen, was sich in den jeweiligen Ländern ereignete. Einmal geschah es, daß ich in die Stadt Nimros in Persien kam, da es dort große Unruhe zu geben schien. Alle Bewohner trugen Trauerkleidung und weinten beständig. Niemand wollte mir erzählen, was schlimmes geschehen war. Eines Tages gingen alle, Junge und Alte, Furchtsame und Mutige, Hübsche und Häßliche aus der Stadt hinaus und drängten sich auf einem flachen Stück Land zusammen. Der König, der auf seiner edelsten Stute ritt und von seinen Höflingen umgeben war, kam mit ihnen.
Ich folgte ihnen, um den Grund für diese Versammlung herauszufinden. Binnen kurzer Zeit erschien ein junger Mann, der auf einem riesigen, graubraunen Stier ritt und aus dem Nirgendwo zu kommen schien. Er stieg ab und setzte sich auf den Boden, in der einen Hand die Zügel des Stieres, in der anderen ein bloßes Schwert. Ein junger Bediensteter war bei ihm, und er händigte ihm etwas aus, damit er es herumreiche und den Leuten zeige. Was es war, konnte ich nicht erkennen, aber ich bemerkte, daß, sobald es jemand gesehen hatte, was auch immer es sein mochte, das Ergebnis lautes Weinen und Wehklagen war. Dann, nachdem er die Reihe der Leute abgeschritten war, kehrte er zu dem Mann mit dem Stier zurück.
Kaum war er wieder bei seinem Herrn angelangt, da blitzte das blanke Schwert auf, und der Kopf des Dieners war mit einem Streich vom Rumpf getrennt.

Der stattliche junge Mann bestieg wieder seinen graubraunen Stier, und im Handumdrehen war er davongaloppiert.
Sobald er fort war, kehrten die Einwohner in die Stadt zurück. Jeden, der mir begegnete, fragte ich nach dem Grund für dieses grausame Ritual, aber niemand wollte mir eine Antwort darauf geben.
Ich ging zur Prinzessin und erzählte ihr, von Anfang bis Ende, was ich gesehen hatte. Auch sie war sehr verwirrt und bemühte sich sehr, die Bedeutung dieser Zeremonie herauszufinden.«
Hier ergänzte die Hofdame: »Aus diesem Grunde hat sie es jedem, der sie heiraten will, zur Bedingung gemacht, daß er zuvor die Bedeutung dieser Zeremonie herausfindet. Der Betreffende, wer auch immer er sein mag, wird der Gebieter ihres Herzens, ihres Reichtums und ihres Landes werden.
Nun weißt du Bescheid und mußt selbst zusehen, ob deine Klugheit hinreicht, die Angelegenheit zu klären. Dann unternimm die Reise nach Nimros. Ansonsten laß es und kehre in dem Wissen, die Prinzessin nie mehr zu sehen, nach Hause zurück.«
Ich antwortete: »So Allah will, werde ich so handeln können, wie mein Herz es mir vorschreibt. Ich werde mich zu dieser seltsamen und traurigen Stadt aufmachen. Aber«, fuhr ich fort, »wenn sich die Prinzessin herablassen würde, mich von der anderen Seite ihres Vorhangs aus anzuhören, um meine Bitte mit eigenen Ohren zu vernehmen, wird mein Herz beruhigt sein.«
So nahm die würdevolle alte Dienerin meine Botschaft entgegen, und bald brachte man mich zu den Gemächern der Prinzessin. Oh, welche Schönheit bekam ich hier zu

sehen, denn eine ihrer Dienerinnen war schöner als die andere. Aus Kalmuck, aus Turkestan, Abessinien, der usbekischen Tartarei und aus Kaschmir standen sie in zwei Reihen, angetan mit reichen Kleidern und Juwelen, und bezeigten ihren Respekt mit über der Brust gekreuzten Armen.

Man brachte mir einen juwelengeschmückten Stuhl zum Sitzen; die Sklavin setzte sich auf einen Stuhl aus Sandelholz. »Sag, was du zu sagen hast!« forderte sie mich auf.

Ich rühmte die Gerechtigkeit der Prinzessin, ihre Nachsicht und Großzügigkeit und fügte hinzu: »Seit ich hierhergekommen bin, hat man mir Gastfreundschaft und Edelmut weit über jedes Maß hinaus erzeigt. In der Stadt hat man mich mit den prächtigsten Geschenken überhäuft, aber ich bin mir darüber im klaren, daß – sollte man dies für jeden Pilger und jeden Besucher tun – dafür unermeßliche Summen aufgebracht werden müssen. Woher kommt solch ein Reichtum? Warum versiegt er nicht irgendwann? Wenn die Prinzessin mir dies erklären würde, könnte ich mich ruhigen Geistes und friedlichen Gemütes nach Nimros aufmachen.«

Hinter dem Vorhang hervor ließ sich die Stimme der Prinzessin vernehmen: »O junger Mann, wenn es dein Wunsch ist, mehr zu erfahren, so bleibe auch heute noch hier. Am Abend dann werde ich wieder nach dir schicken und dir das Geheimnis meines Reichtums enthüllen.«

Ich ging zu dem Palast zurück, in dem ich wohnte, und wartete ungeduldig.

Und tatsächlich, nachdem ich ein Mahl zu mir genommen hatte, welches mir die Prinzessin auf einem Tablett geschickt hatte, wurde ich wieder zu ihr gerufen.

Abermals ging ich mit der alten Frau und wurde zum Harem geführt.
Ein mit Goldstickereien verziertes Tuch war auf kostbaren Teppichen ausgebreitet worden, darauf lag ein mit Juwelen übersätes Polster. Überall standen Bäume, die aus Juwelen gemacht waren, in goldenen Töpfen. Zur Rechten und zur Linken warteten die schönsten Sklaven aus aller Herren Länder mit gekreuzten Armen und niedergeschlagenen Augen.
Tänzerinnen und Sängerinnen mit wohlgestimmten Instrumenten waren gerade dabei, mit ihren Darbietungen zu beginnen.
»Geht es am Hof der Prinzessin immer so zu?« wollte ich wissen.
»Manchmal ist es sogar noch prächtiger«, lautete die Antwort. »Nimm hier Platz, die Prinzessin ist in einem anderen Zimmer, ich will gehen und ihr sagen, daß du angekommen bist!« Mit diesen Worten entfernte sich die Sklavin.
Bald darauf hieß es, daß ich in das innerste Gemach kommen solle. Als ich der Schönheit dieses Raumes ansichtig wurde, drehte sich mir alles vor den Augen. Ich hätte nicht sagen können, was die Türen waren und was die Wände, solch ein Leuchten und Funkeln war da von Hunderten von Spiegeln und Juwelen, von Diamanten, Rubinen, Smaragden und was alles mehr noch davon eingefaßt war.
An irgendeinem Ende gab es einen Vorhang aus der allerglänzendsten Seide, und dahinter saß die Prinzessin.
Die Dienerin sagte zu mir: »Höre, o du kluger Mann, der König dieses Landes war ein großer Mann; er hatte sieben Töchter. Diese sieben vornehmen Damen standen eines

Tages vor ihm in Gewändern aus den wunderbarsten, mit Juwelen geschmückten Satinstoffen. Der Herrscher sprach zu ihnen: ›Wenn ihr nicht Prinzessinnen dieses Hauses geworden wäret, so wäret ihr möglicherweise in das Haus irgendeines armen Mannes geboren worden. Dankt Allah, daß euch euer Schicksal dazu bestimmt hat, meine Töchter zu sein, denn euer Wohlergehen hängt vollständig von mir ab.‹

Sechs der Mädchen erwiderten gehorsam: ›Lieber Vater, was immer Ihr in Eurer Erhabenheit sagt, ist wahr, und wir sind tatsächlich vollständig von Eurem königlichen Leben abhängig, und unser Glück kommt allein von Euch.‹

Aber die siebente (die Prinzessin hinter dem Vorhang) stand schweigend da und sagte nicht, was ihre Schwestern sagten.

Der König war ärgerlich und sagte: ›Tochter, du sagst nichts, was ist der Grund deines Schweigens?‹

›Was der Große Schriftmeister in das Buch meines Lebens geschrieben hat, wird dasselbe bleiben, ganz gleich, was ich sage, und es wird auch von niemandem anderes beeinflußt werden können. Was immer es ist, es ist geschrieben, und es wird geschehen‹, gab sie ihm zur Antwort.

Über diese Rede geriet der König in Wut und sagte erbost: ›Was für große Worte, die da aus solch einem kleinen Mund kommen! Du wirst deiner Juwelen entledigt und in einer Wildnis ausgesetzt! Dann werden wir ja sehen, was in deinem Schicksalsbuch geschrieben steht!‹

Um die Mitternachtstunde wurde die arme Prinzessin, die umgeben von Überfluß aufgewachsen war, in einer Sänfte von den Trägern an einen verlassenen Ort gebracht, den ihr Vater bestimmt hatte, und dort ausgesetzt.

Sie betete um Hilfe, und in ihrem Herzen überzeugt, daß Allah sie schützte, fiel sie schließlich in Schlaf.
Die unglückselige Prinzessin verbrachte drei Tage und Nächte allein; während dieser Zeit kam weder ein Bissen Brot noch ein Tropfen Wasser über ihre Lippen, und sie wurde welk wie ein trockener Dorn. Ihre schöne Haut bekam die Farbe von Gelbwurz, und ihre Augen waren nahezu geschlossen.
Am Morgen des vierten Tages erschien ein ehrwürdiger Einsiedler, gekleidet in grüne Gewänder. Als er das unglückliche Mädchen erblickte, sagte er: ›O Tochter, obwohl dein Vater König ist, so steht doch solches Leid in deinem Schicksal geschrieben.‹ Dann breitete er das, was er gerade an Essen in seinem Beutel bei sich trug, vor ihr aus und machte sich auf, nach Wasser zu suchen.
Er fand einen Brunnen, hatte aber keinen Kübel, und so machte er ein Gefäß aus den Blättern eines Baumes, nahm seinen Gürtel ab, ließ das Gefäß daran hinunter und schöpfte so etwas Wasser.
Jeden Morgen ging der alte Mann in die nächstgelegene Stadt, um zu betteln, und so konnte er dann der Prinzessin jeden Tag etwas zu essen mitbringen. Einige Tage verstrichen. Eines Tages, die Prinzessin kämmte sich gerade ihr Haar, da fiel ihr eine mit Diamanten besetzte Perle aus dem Haar. Sie gab sie dem Einsiedler, damit er sie am nächsten Tag in der Stadt verkaufe. Als er mit dem Geld, das er für das Schmuckstück erhalten hatte, zurückkam, bat ihn die Prinzessin, ihr zu helfen, eine Art Behausung herzurichten.
›O Tochter‹, sagte er, ›du fängst damit an, das Fundament auszuheben, und ich werde gehen, um etwas Lehm zu

holen, um daraus Ziegel zu backen und einen Raum für dich zu machen.‹

So begann die Prinzessin zu graben, und tief in der Erde fand sie eine Tür. Sie räumte die Erde davor weg, und – siehe da – dahinter befand sich ein Raum, angefüllt mit Gold und Juwelen.

Von dem Gold nahm sie einige Handvoll, schloß die Tür und bedeckte sie wieder mit Erde.

Als der Eremit zurückkam, sagte die Prinzessin: ›Hole Steinmetze und Baumeister und gute Arbeiter aller Art, so daß wir hier, genau an dieser Stelle ein vornehmes Haus errichten können.‹

Der Einsiedler brachte Arbeiter, und alsbald war ein Palast von solch wunderbarem Ebenmaß erbaut, daß es schließlich dem König, der der Vater der Prinzessin war, zu Ohren kam.

Er sandte einen seiner Edlen vom Hofe zu ihr, der ihr ausrichtete: ›Ich wünsche zu wissen, wer du bist und aus welchem Teil der Welt du kommst und aus welcher Familie zu stammst.‹

So griff die Prinzessin zu Feder und Papier und schrieb: ›O Beschützer der Welt! Seid so gütig, hierherzukommen und mich zu besuchen, so daß die Sonne Eurer Gegenwart diesen bescheidenen Ort erhellen möge!‹

Sie machte dem Mann, der ihr den Brief ihres Vaters überbracht hatte, reiche Geschenke und sandte ihn mit ihrer Antwort zurück.

Als der Tag des königlichen Besuchs gekommen war, war alles wie für ein Hochzeitsfest vorbereitet, und die Prinzessin mit ihren Damen war bereit, ihn zu empfangen.

Zwei Pferde und zehn Elefanten, die Sättel und das Zaumzeug mit kostbaren Edelsteinen besetzt, waren als Ge-

schenke für ihn bereit, dazu Tücher, Brokatstoffe und Teppiche von großem Wert. Dies alles bot sie Seiner Majestät dar und wartete vor ihm mit verschleiertem Gesicht und gekreuzten Armen.
›Aus welchem Land stammst du, und warum lebst du hier?‹ fragte der König.
›Ich bin jene, die Eure Majestät beleidigt hat, und die in die Wildnis fortgeschickt wurde‹, gab sie zur Antwort und schlug ihren Schleier zurück.
Das rührte das Herz ihres Vaters, und er umarmte sie, aber er war überaus erstaunt über alles, was er sah.
Er sandte eine Botschaft an die Königin und die sechs anderen Prinzessinnen, daß sie sofort kommen sollten.
Als sie ankamen, weinten sie alle vor Freude darüber, die Prinzessin so wohlauf und glücklich zu sehen und priesen Allah, den Allmächtigen.
Die Prinzessin machte ihrer Mutter und ihren Schwestern solche Geschenke, daß sie ihren Augen kaum trauten.
Als der König schließlich starb, wurde sie vom Volk ihres Landes auf den Thron gewählt, und ein jeder war von dieser Wahl begeistert.
Nun hast du die Geschichte der Prinzessin gehört, und falls du noch immer vorhast, nach Nimros zu gehen, solltest du dich bald auf den Weg machen.«
Ich erwiderte: »Augenblicklich werde ich gehen, und so Allah will, werde ich alsbald zurück sein.« Und so machte ich mich auf den Weg.
Etwa ein Jahr darauf, nach mancherlei Schwierigkeiten, hatte ich schließlich die Stadt Nimros erreicht.
Dort hatten alle Leute gleichermaßen, ob nun Bauern oder Leute von edler Geburt, Trauerkleidung angelegt und weinten fast unaufhörlich.

Am ersten Tag des Monats versammelte sich die Menge auf der Ebene. Ich zog mit, in meinem Pilgerkleid, um mir das seltsame Geschehen, das mir in Basra beschrieben worden war, anzusehen.

Plötzlich kam ein junger Mann auf einem graubraunen Stier herangaloppiert. Gemäß seinem gewohnten Brauch tat der junge Mann, was er zu tun hatte und ritt dann wieder fort.

Ich ließ einen Monat vergehen, zählte die Tage und wartete auf den Mann, der auf dem Stier ritt.

Schließlich war es wieder der erste Tag des Monats, und ich beschloß, dieses Mal etwas Entscheidendes zu unternehmen. Was es sein würde, davon hatte ich jetzt noch keine Vorstellung.

Als ich jedoch gleich, nachdem der Mann den Sklaven mit dem Schwert niedergestreckt hatte, nach vorn drängte, packten mich etliche Leute an Armen und Beinen, hielten mich zurück und sagten: »Was tust du? Willst auch du zugrunde gehen?«

Ich flehte sie an, mich loszulassen, sie ließen mich aber nicht eher los, bis der Mann auf seinem Stier wieder verschwunden war.

Jener Monat verging, und ich wartete auf den nächsten. Der junge Mann kam wie zuvor und führte dieselbe Handlung aus. Als er wieder auf seinem Stier aufgesessen war, folgte ich ihm behende und wich jedermann aus, der versuchte, mich aufzuhalten. Der junge Mann, der das Geräusch meiner Schritte hörte, drehte sich um, stieß einen lauten Schrei aus und drohte mir mit dem Schwert.

Er holte gerade zum Schlag aus, als ich meine Hände zur Begrüßung zusammenlegte und mit gebeugtem Haupt vor ihm stand.

»O Pilger, warum willst du dein Leben fortwerfen?« fragte er.
Dann warf er mir einen goldenen, mit Edelsteinen besetzten Dolch mit juwelengeschmückter Quaste zu und fügte hinzu: »Im Augenblick habe ich nichts anderes, was ich dir geben könnte, als dies. Bringe es zum König, und du wirst alles bekommen, was du wünschst!«
Nach diesen Worten ritt er weiter. Ich aber folgte ihm. Wieder wandte er sich um und schien drauf und dran, mich töten zu wollen.
Ich bot ihm meinen Nacken dar und sagte: »Schlag zu! Ich vergebe dir mein Blut.«
Er entgegnete: »Warum willst du dein Blut über mich bringen und mich zum Verbrecher machen? Geh und laß mich!« Aber ich folgte ihm weiter. Nach etwa zwei Meilen kamen wir zu einem Haus. Der junge Mann rief etwas, eine Tür öffnete sich, und er ging hinein.
›O Allmächtiger‹, dachte ich, ›was soll ich jetzt nur tun?‹
Da kam ein Sklave heraus und sagte: »Komm herein, er ruft dich zu sich!«
Ich trat ein und ging mit ihm in den Garten. Schließlich führte er mich zu einem Platz, wo der junge Mann saß.
Er bedeutete mir, mich zu setzen, was ich so würdevoll, wie es mir nur möglich war, tat.
Was ich zu sehen bekam, war der junge Mann, der mit den Werkzeugen eines Goldschmieds im Schoß dasaß, in der Hand eine Vase aus Smaragden. Als er aufstand, erhoben sich alle Sklaven von ihren Plätzen und verbargen sich in Schränken. Auch ich verbarg mich in einem Gelaß, voller Furcht, was nun geschehen würde.
Nachdem sich der junge Mann erhoben und alle Türen

mit Ketten verschlossen hatte, begann er, den Stier, auf dem er zu reiten pflegte, zu schlagen.

Das Gebrüll des Tieres anzuhören war fürchterlich, und ich rannte fort aus meinem Versteck. Von einem günstigeren Aussichtsplatz aus sah ich, wie er den Rücken des Stieres schlug, ihn küßte und dann den Knüppel fortwarf, mit dem er ihn geschlagen hatte. Sodann gab er ihm etwas zu fressen und kam auf mich zu. Ich versteckte mich wieder in dem Raum. Der junge Mann löste die Ketten von all den Türen, und Diener kamen mit einem kleinen Teppich, einem Waschbecken und einem Wasserkrug herein. Nachdem er seine Hände und sein Gesicht gewaschen hatte[1], erhob er sich zum Gebet[2].

Als er geendet hatte, rief er aus: »Wo ist der Pilger?«

Ich ging zu ihm. Dann wurde Essen aufgetragen, und wir hatten ein wundervolles Festmahl. Als es beendet war, sagte er: »Freund, was bringt dich dazu, deinen Tod zu suchen?«

Ich erzählte ihm alle Abenteuer meines Lebens, von Anfang bis Ende, und schloß mit den Worten: »Durch dich habe ich Hoffnung, daß sich die Sehnsucht meines Herzens erfüllt.«

Als er das hörte, sagte er: »Oh, nur der kennt die Schmer-

1 Der Islam schreibt Waschung vor rituellen Handlungen (Gebeten) vor. Die Waschung beseitigt Verunreinigungen, von denen es zwei Arten gibt: die schwere (dschanāba) und die leichte (hadath). Hier handelt es sich um eine leichte Verunreinigung (das Berühren des Körpers eines Tieres), so daß der Kopf mit Nasen- und Ohrlöchern, der Bart, die Hände und Füße zu waschen waren.

2 Zu jedem Gebet muß eine bestimmte Körperhaltung eingenommen werden: das Stehen (kijām), das Vorbeugen (rukū), das Niederwerfen (sudschūd, sadschda) und das Knien (kuūd, dschulūs).

zen der Liebe, der ihre Qualen gefühlt hat!« Und an seinem Kummer konnte ich sehen, daß auch er an Liebesschmerz litt.

Ich sagte: »Ich habe dir all meine Schwierigkeiten erzählt. Nun berichte bitte du mir von den deinen, und ich werde dir mit Geduld bis zum Ende zuhören.«

Er begann sofort:

Die Geschichte des Prinzen von Nimros

Wisse, o Freund, daß ich der Prinz dieses Landes Nimros bin.

Bei meiner Geburt rief der König, mein Vater, all seine Astrologen, Wahrsager und gelehrten Männer zusammen und bat sie, mein Horoskop wahrheitsgemäß zu stellen und ihm vorzulegen, sobald es fertig sei.

Es dauerte lange, ehe sie ihre Arbeit beendet hatten und sagten: »Der Prinz ist unter solch einem günstigen Stern geboren worden, daß er zumindest Alexander dem Großen gleich sein müßte. In jeder Wissenschaft, die er erlernt, wird er sich auszeichnen, und er wird alles erlangen, was sein Herz begehrt. Aber bis er vierzehn Jahre alt ist, wird er in großer Gefahr sein, falls er die Sonne oder den Mond sieht. Er kann dann wahnsinnig werden und das Blut vieler Menschen vergießen. Man sollte große Sorgfalt darauf verwenden, daß er niemals die Sonne oder den Mond sieht, ja nicht einmal einen Blick auf den Himmel wirft. Wenn diese gefährliche Zeit ohne Zwischenfall vorübergeht, wird er sicherlich viele Jahre lang in Frieden und Wohlergehen leben.«

Als der König, mein Vater, das hörte, ließ er diesen großen Garten anlegen, und ich wuchs in einem Gewölbe auf, dessen Kuppel mit Filz ausgeschlagen war, so daß kein Lichtstrahl, weder von der Sonne noch vom Mond, durchdringen konnte. Ich hatte eine Amme und später auch einen Erzieher, der mich alles über Staatsangelegenheiten lehrte und mich auch in den sieben Arten der Schreibkunst unterrichtete. Ich dachte natürlich, daß jener Platz die ganze Welt sei, spielte mit meinen Spielsachen und vergnügte mich auf meine Weise. Täglich setzte man mir alle nur erdenklichen köstlichen Speisen vor, und ich war hinreichend glücklich. Es geschah in dieser Zeit, daß mir eines Tages eine wundersame Blume unter der Kuppel des Gewölbes erschien, die, während ich sie beobachtete, mit jeder Minute größer wurde. Ich versuchte, sie zu ergreifen, aber sie entzog sich meinem Zugriff. Dann sah ich ein Gesicht dort schweben, ein außerordentlich schönes Gesicht. Und wie ich es ansah, wurde ich vor lauter Liebe ohnmächtig.

Als ich mein Bewußtsein wiedererlangt hatte, blickte ich auf und sah dort einen Thron, funkelnd vor lauter Juwelen, welcher auf den Schultern von Feen ruhte. Darauf saß ein märchenhaft schönes Wesen, auf dem Haupt eine Krone aus Edelsteinen und in ein prächtiges Gewand gekleidet, und trank Wein aus einem rubinenen Becher.

Der Thron senkte sich aus der Höhe herunter auf den Boden, und die Fee hieß mich an ihrer Seite auf dem magischen Sitz Platz nehmen. Mit einer betörenden Stimme sprach sie: »Die menschliche Rasse ist treulos, aber ich liebe dich.«

Als ich dies hörte, fühlte ich mich so wundervoll, daß ich

erst in diesem Augenblick wußte, was es heißt, glücklich zu sein.
Dann kamen vier andere Feen herunter und flüsterten der wunderschönen Feendame etwas zu. Als sie es gehört hatte, erbleichte sie und sprach: »O mein Geliebter, ich gedachte einige Zeit mit dir zu verbringen und dich mit mir zu nehmen, vielleicht zu märchenhaften Orten. Aber das Schicksal will es zwei Wesen wie uns nicht gestatten, glücklich an einem Ort zu verweilen, und so muß ich gehen. Lebe wohl, mein Geliebter!«
Als ich diese furchtbaren Worte hörte, verlor ich alle Hoffnung, denn ich war zu ihr in Liebe entbrannt wie niemals zuvor in meinem Leben. »Wann werden wir uns wiedertreffen?« rief ich aus. »Werden wir jemals wieder zusammen glücklich sein? Sage mir deinen Namen und wo du lebst, damit ich nach dir suchen kann!«
»Allah verhüte, daß du das tust!« antwortete sie. »Ich bin die Tochter des Königs der Dschinn, und ich lebe im Kaf-Gebirge.«[1] Plötzlich, während sie noch sprach, erhob sich der Thron und flog höher und höher hinauf. Voll Sehnsucht tauchten unsere Blicke ineinander, bis wir uns aus den Augen verloren.
Eine schreckliche Schwermut befiel mich. Alles erschien mir dunkel und furchtbar. Ich weinte bitterlich und zerriß meine Kleider.[2] Ich konnte weder essen noch trinken, noch kümmerte mich Gut oder Böse. Meine Amme ging zu meinem Vater, und zitternd erzählte sie ihm von der

1 Kaf-Gebirge ist eine fiktive Gegend, die im Nordosten die Erde umgrenzen soll, so daß Kaf auch soviel wie ›am Ende der Welt‹ bedeutet.
2 Das Zerreißen der Kleider gilt im Orient als ein Zeichen der Trauer.

seltsamen Veränderung, die mit mir vorgegangen war. »Majestät«, sagte sie stockend, »solcherart ist der Zustand des Prinzen der Menschen der Welt. Bitte, Großer König, geht zu ihm und seht selbst.«
Mit seinen Edlen, den Ärzten und ehrwürdigen weisen Männern betrat der König meinen Garten.
Er konnte kaum fassen, daß ich es war, der dort so weinte und klagte, so verändert war ich. Er versuchte, mit mir zu reden, aber ich wollte weder etwas hören noch etwas sagen.
Er hatte die besten Ärzte des Königreiches mitgebracht und gab Anweisungen, daß man mir die beste Pflege für meine Krankheit zuteil werden lasse, worin sie auch immer bestehen mochte.
Sodann mußte ich zahlreiche Zeremonien über mich ergehen lassen, man untersuchte meinen Körper, von heiligen Männern wurden Talismane geschrieben, und wieder andere beteten unaufhörlich für meine Heilung. Einige hofften, das Böse, das mich befallen hatte, zu vertreiben, indem sie auf mich bliesen; andere sagten, daß das ganze Ungemach in meinen Sternen stünde, und wieder andere rieten mir, daß ich einer wohltätigen Einrichtung fromme Schenkungen machen sollte.
All das nahm einige Zeit in Anspruch, aber die wirkliche Tortur war das, was mir durch den Kopf ging. Tag um Tag nahm meine Verworrenheit zu, bis ich drei Jahre in diesem Zustand verbracht hatte. Keine der erwähnten Behandlungen hatte irgendeinen Einfluß auf mein gebrochenes Herz.
Eines Tages kam ein fahrender Händler an den Hof, der vielerlei Seltsames und Wertvolles zum Kauf anbot, und mein Vater sprach mit ihm. »Zweifellos hast du auf deiner

Suche nach diesen Schätzen mancherlei Länder bereist«, sagte er huldvoll. »Hast du in einem dieser Gebiete oder dieser Reiche etwas von einem wahrhaft gelehrten Arzt gesehen oder gehört, welcher merkwürdige Krankheiten des Geistes heilen kann?«

»Mächtiger König«, sagte der Reisende, »ich kenne solch einen Mann. Mitten im Fluß Ganges in Hindustan gibt es einen kleinen Berg. Dort hat eine heilige Sekte (die einfachsten der Bettelmönche, die langes Haar tragen und fast nackt gehen) einen großen Tempel mit einem sehr schönen Garten erbaut. Einmal im Jahr kommt ein wundersamer Mann dorthin und badet im Fluß. Nachdem er sich gewaschen hat, geht er zu einem bestimmten Ort, an den die Kranken und Leidenden aus allen verschiedenen Völkern, Nationen und Glaubensbekenntnissen zu kommen pflegen, um von ihm geheilt zu werden. Er geht unter ihnen einher, fühlt hier einen Puls, untersucht dort eine Flasche mit Urin, hat für jeden ein Rezept. Gott hat ihm solche Gabe gegeben, daß er auf wundersame Weise alle, die er während dieses Rundganges zu sehen bekommt, auf wundersame Weise heilen kann; wenn sie seine Medizin einnehmen, wird ihre Gesundheit völlig wiederhergestellt! Dies habe ich mit eigenen Augen gesehen.

Wenn Eure Majestät es wünschen, will ich den Prinzen der Menschen der Welt zu diesem Mann bringen, damit er wieder zu Sinnen kommen möge.«

Der König war erfreut, möglicherweise einen Weg gefunden zu haben, um die Melancholie, an der ich nun schon über drei Jahre litt, zu beendigen, und unverzüglich wurden Vorbereitungen für unsere Abreise getroffen. Nach einer langen Reise erreichten wir endlich den Ganges.

Durch die Luftveränderung und die neuen Eindrücke unterwegs war mein Geist etwas ruhiger geworden, aber ich schwieg noch immer. Wieder und wieder dachte ich an die Prinzessin der Feen, und immer stand mir ihr Bild vor Augen.

Ungefähr vier- oder fünftausend Menschen hatten sich um den Felsen versammelt und warteten auf die Ankunft des Heiligen, und ich war einer in dieser Menge. Alle in meiner Nähe sagten: »So Allah will, werden wir geheilt sein, wenn der heilige Mann zu uns kommt!« Ich hoffte in meinem Herzen, daß dies auch in meinem Fall so sein würde, obwohl ich die Herrin nicht vergessen wollte.

Plötzlich war ein Schrei zu hören, der sogleich von allen aufgenommen wurde: »Er ist da! Er ist da!« Und die Menge schob sich vorwärts.

Ein Mann näherte sich uns; er trug ein weißes Leinentuch und hatte seinen Körper völlig mit grauer Asche eingerieben. Auf der Stirn trug er ein Zeichen, wie es mit verkohltem Sandelholz gemacht wird, er hatte lange Haare und einen langen Bart.

Auf jeden einzelnen Hilfesuchenden warf er einen Blick und schrieb eine kurze Verordnung auf ein Stück Papier, das er ihm oder ihr dann aushändigte. Schließlich kam er zu mir. Einen Augenblick lang starrte er mich an, und seine seltsam leuchtenden Augen schienen sich in meine hineinzubohren, dann senkte er den Blick. »Du mußt mit mir kommen«, sagte er. »Ich will dir helfen.« Er ging voran, und ich folgte ihm.

Und alsbald fand ich mich in einer gut eingerichteten Wohnstätte wieder, und während ich mich umsah, sagte der heilige Mann: »Hier wirst du wohnen« und verließ mich. Ungefähr vierzig Tage blieb ich an diesem bezaubernden Ort, dann kam der Arzt wieder, um nach mir zu sehen. Er fand, daß es mir besser ging und sagte: »Geh im Garten spazieren und iß von allen Früchten, nach denen es dich gelüstet!« Er gab mir einen Glaskrug, der mit einer Flüssigkeit gefüllt war und sagte: »Nimm davon täglich einen Löffel voll, bevor du etwas anderes ißt oder trinkst!« Dann kehrte er zu seinen eigenen Räumen zurück, und getreulich befolgte ich seine Anweisungen.

Eines Tages, die Diener hatten gerade die Teller und Tassen meiner Morgenmahlzeit weggeräumt, entdeckte ich, als ich mich in dem Wohnraum umsah, einen großen Schrank, prall gefüllt mit den seltensten Büchern zu jedem nur erdenklichen Thema. Von da an las ich täglich, und las und las, alles über die Künste und Wissenschaften vergangener und gegenwärtiger Zeiten und auch über die mystische Kunst der Zaubertränke. So verging ein ganzes Jahr; ich hatte nicht wahrgenommen, daß ich mich nun schon so lange in der Wohnung aufhielt. Der heilige Arzt kam herein und sagte zu mir: »Komm!« Wir gingen zum Tor hinaus, und bald folgte ihm eine große Menge. Einmal wieder nahm er sein gewohntes Bad im Fluß und war für die Untersuchungen und Verschreibungen bereit. Da geschah es, daß ein junger Mann, der kaum in der Lage war, sich auf den Füßen zu halten, seine Aufmerksamkeit erregte. Er sagte zu mir: »Bring diesen jungen Mann zu mir!« Er ging in seine privaten Gemächer, und dort führte er eine Operation am Schädel des jungen Mannes durch. Er öffnete einen kleinen Teil seines Gehirns und versuchte, den Wurm, der sich dort zusammenwand, mit seinen Instrumenten zu packen. Plötzlich kam mir eine Idee, und ich sagte schnell: »Wenn du die Pinzetten im Feuer erhitzt und den Wurm der Hitze aussetzt, so wird er von selbst herauskommen. Wenn du versuchst, ihn herauszuziehen, wird er sich am Gehirn festsetzen, und der Mann wird sein Leben verlieren.«

Nachdem ich gesprochen hatte, schaute mich der alte Mann eine ganze Minute lang unverwandt an, dann ging er hinaus in den Garten. Als er nicht zurückkam, folgte ich ihm kurze Zeit später und sah zu meinem Entsetzen, daß er sich erhängt hatte.

Ich ging hin und untersuchte ihn, aber er war tot.

Ich nahm ihn vom Baum herunter, und zwei Schlüssel fielen aus den Falten seines Lendentuchs. Dann beerdigte ich ihn und ging ins Haus hinein. Ich probierte die Schlüssel an allen Türschlössern und fand heraus, daß sie zu den Türen von zwei Räumen paßten. Diese waren vom Boden bis unter die Decke mit Edelsteinen gefüllt. Auch stand dort eine mit grünem Samt bedeckte Truhe, die meinen Blick auf sich zog, und ich öffnete sie. Darin fand ich ein Buch, auf dem in goldenen Lettern geschrieben stand: »*Der schrecklichste aller Namen*«.

Ich setzte mich nieder, las es auf der Stelle durch und fand heraus, daß es Anweisungen enthielt, wie man mit den Dschinn und den Feen in Kontakt treten konnte, sowohl über die Art des Umgangs mit den Geistern als auch, wie man sie sich unterwarf und wie sich selbst die Sonne verzaubern ließ.

Dies war ein so wundervolles Buch, daß ich recht vergnügt wurde und darüber nachdachte, wie ich dieses neu erworbene Wissen würde am besten in die Tat umsetzen können. Ich deckte ein seidenes Taschentuch über das Zauberbuch und nahm es mit in den Garten. Dann gab ich Anweisungen, all die Juwelen und wertvollen Dinge aus diesen beiden Räumen zu verpacken, so daß ich mich mit ihnen auf die lange Heimreise würde machen können.

Schließlich erreichte ich das Land meiner Geburt und trat vor meinen Vater. Ich küßte seine Füße und fragte: »Wird es mir erlaubt sein, wieder in meinem früheren Garten zu wohnen?«

»Sohn«, sagte er, »jener Ort scheint mir unter unglückseligem Einfluß zu stehen, und daher habe ich untersagt, daß er gepflegt wird. Gegenwärtig ist der Ort nicht geeignet, jemandem als Wohnsitz zu dienen. Such dir eine andere Wohnung zum Leben aus, wo immer es dir gefällt, aber bleib jenem verwünschten Ort fern. Nach meinem Dafürhalten wäre es besser, wenn du irgendwo in der Festung lebst, denn gesetzt den Fall, deine Krankheit würde wiederkehren, wärst du unter meiner persönlichen Aufsicht.«

Aber ich widerstand meinem Vater nach besten Kräften und erreichte, daß der alte Garten meiner Kindheit wieder hergerichtet wurde, bis er wieder in seinem früheren Zustand erblühte. Dann ging ich dort spazieren, machte mir meine Gedanken und fastete vierzig Tage, um mir jeden Dschinni zu unterwerfen, der sich möglicherweise hätte an mich heften mögen.

Als die vierzig Tage vorüber waren, tobte ein furchtbarer Wirbelsturm über dem Land, große Bäume fielen wie Holzstäbchen, Häuser wurden dem Erdboden gleichgemacht, und ein Heer von Feen erschien vor mir.

In der Luft schwebend erschien ein Thron, auf dem ein bezauberndes männliches Wesen mit einer wundervollen Ausstrahlung, kostbar gekleidet und mit einer Krone aus Perlen saß.

Ich grüßte ihn mit großem Respekt, und er erwiderte den Gruß auf ähnliche Weise. Unvermittelt sagte er: »O Freund, warum hast du uns auf diese Weise, mit solch unziemlichem Aufruhr herbeigerufen? Warum mußt du mich sehen?«

»O König der Dschinn«, stieß ich hervor, »seit langem schon bin ich in Liebe zu deiner Tochter entbrannt, und um ihretwillen bin ich jahrelang wie von Sinnen gewesen.

Obgleich ich lebe, so bin ich doch bereits gestorben, in jeder Bedeutung des Wortes.

Bitte, ich flehe dich viele tausend Male an, erlaube mir nur, sie wenigstens einmal anzuschauen, damit ich...«

»Menschliches Wesen«, sagte er, mich mitten im Satz unterbrechend, »jegliche Verbindung zwischen uns, die wir aus Feuer und euch, die ihr aus Erde gemacht seid, ist unmöglich.«

»Ich möchte sie nur wiedersehen, wenigstens für einen Moment!« schrie ich aus der Tiefe meines Herzens. »Ich will nichts anderes, als einen Blick tun auf diejenige, die ich so inniglich liebe!«

Wiederum entgegnete der König der Dschinn: »Die Menschen tun nicht immer das, was sie versprochen haben. Wenn sie in Not sind, sagen sie alles mögliche. Laß dir ernsthaft gesagt sein, wenn du nicht vorsichtig bist, wirst du euch beide, dich und sie, für alle Zeiten ins Verderben stürzen.«

Ich erneuerte meinen Schwur, daß ich sie nur für einen kurzen Augenblick sehen wolle, um mein schmerzendes Herz zu erleichtern.

In diesem Augenblick erschien die wunderschöne Feenprinzessin wie aus dem Nichts neben dem Thron ihres

Vaters. Sie war so herrlich geschmückt, daß meine Augen ganz geblendet waren, und ich umarmte sie zärtlich.
Ich kostete die Wonnen ihrer Lippen, und wir saßen im Garten nieder. Es gefiel ihr, daß ich ihr Andenken so hoch gehalten hatte, und sie erzeigte mir jegliche Freundlichkeit.
»Einen Rat muß ich dir unbedingt geben«, sagte sie mit großem Ernst. »Gib gut acht auf dein Zauberbuch ›*Der schrecklichste aller Namen*‹, denn der böse Dschinn wird versuchen, es dir wegzunehmen, dessen bin ich mir sicher!«
Ich erwiderte: »Ich werde dieses Buch hüten, als wäre es mein Leben!«
Aber Satan führte mich in die Irre, denn gerade als ich meine Liebste an mein Herz drücken wollte, rief eine Stimme sehr laut: »Das Buch, das Buch, gib mir das Buch!« Sofort griff ich in meine Tasche und gab das Buch dem, den ich nicht kannte, so hingerissen war ich von der Prinzessin. Als die wunderschöne Fee sah, was ich getan hatte, begann sie zu klagen: »O du törichter Mensch, so schnell hast du meinen Rat mißachtet! Wir sind verloren!«
In diesem Augenblick verlor sie das Bewußtsein, und ich erblickte einen häßlichen Dschinn, der neben uns stand und das Buch in der Hand hielt. Ich versuchte, es ihm zu entreißen, aber er reichte es sofort einem anderen, der damit weglief. Die liebliche Fee kam nicht wieder zu Bewußtsein, sondern blieb in dem betäubten Zustand und verschwand vor meinen Augen. Seit dieser Zeit hat sich all meine Freude in Bitterkeit verwandelt. Ich meide jedermann und lebe in einer Ecke des Gartens für mich allein. Um meinen Geist mit irgend etwas zu beschäfti-

gen, habe ich diese Smaragdvase gemacht, und jeden Monat reite ich auf demselben graubraunen Stier zu jener Ebene, zerbreche die Vase und töte einen Sklaven, damit mich jemand sehen und Mitleid mit mir haben möge. Vielleicht betet auch jemand für mich, denn ich fühle mich über alle Maßen verlassen. O Freund, dies ist die traurige Geschichte meiner Verrücktheit.«

Ich sagte: »O Prinz, du hast wahrhaft aus Liebe gelitten. Ich werde versuchen, dir zu helfen, und ich werde durch die ganze Welt ziehen, bis ich ein Heilmittel gegen deinen Kummer gefunden habe.« Nachdem ich dieses Versprechen gegeben hatte, nahm ich von dem Prinzen Abschied, und nun sind es fünf Jahre her, seitdem ich ein Land nach dem anderen auf der Suche nach Hilfe für ihn durchwandert habe. Aber von der wunderschönen Fee, deretwegen er sich so grämt, konnte ich keine Spur entdecken und bin selbst ganz mutlos geworden. Vor kurzem stieg ich auf einen Berg, um mich von dort in den Abgrund zu stürzen, als derselbe Reiter mit dem grünen Schleier, der auch dich vor der Vernichtung gerettet hat, erschien und sprach: »Zerstöre nicht dein Leben, in wenigen Tagen wird sich der Wunsch deines Herzens erfüllen.«

»O Derwische, schließlich traf ich euch. Ich habe nun Hoffnung, daß Freude und Glück unser Los sein werden, so wie es uns prophezeit wurde.«

Die Erzählung von Azad Bakht

Als der zweite Derwisch die Erzählung seiner Abenteuer beendet hatte, neigte sich die Nacht ihrem Ende zu, und am Himmel zeigten sich die ersten Vorboten der Morgenröte.

Unentdeckt kehrte der König Azad Bakht in seinen Palast zurück und nahm ein Bad. Dann betrat er, prächtig gekleidet, den Thronsaal und erteilte Befehl, daß der Großwesir vor ihm erscheinen möge.

»O Wesir«, sagte er, »an dem und dem Ort sind vier Derwische zusammengekommen. Sorge dafür, daß sie so schnell als es nur möglich ist, zu mir gebracht werden! Ich muß sie unbedingt hier sehen.«

»Herr«, antwortete ihm der Wesir, »ich höre und gehorche!« Er kam gerade noch zur rechten Zeit, um zu sehen, wie die vier Derwische sich wuschen und sich darauf vorbereiteten, wieder ihrer Wege zu gehen.

»Mein Herr, der König«, sagte er, als er auf sie zutrat, »sendet mich mit der Botschaft, ihm im Audienzsaal eure Aufwartung zu machen. Bitte, seid so gütig und folgt mir!«

Die Derwische aber rührten sich nicht vom Fleck und sagten: »Herr, von uns ist jeder sein eigener Meister und König seines eigenen Geschicks. Warum sollten wir mit dir zu einem König dieser Welt kommen?«

»Verehrungswürdige«, sagte der Wesir, »welchen Schaden kann es euch bringen, wenn ihr den Palast, einem unglücklichen König zu Gefallen, für eine kurze Weile aufsucht?«

Daraufhin riefen sich die Derwische ins Gedächtnis, was der verschleierte Reiter, als er den ersten und den zweiten Derwisch vor der Vernichtung rettete, diesen gesagt hatte, und sie beschlossen, mit dem Wesir zu gehen.

Als die Derwische den Thronsaal betraten, sprachen sie einen Segenswunsch über den König, indem sie sagten: »Lieber Sohn, möge es dir wohl ergehen!«

»Woher kommt ihr, und wohin geht ihr, o ihr, in Flikken?« erkundigte sich der König mit Höflichkeit.

»Wir sind Derwische«, gaben sie einstimmig zur Antwort, »und wo die Nacht uns findet, da ist auch unser Heim.«

»Hier sind Erfrischungen«, sagte Azad Bakht. »Bitte tut euch daran gütlich und erzählt mir all eure Abenteuer, denn ihr müßt, dessen bin ich mir sicher, zahlreiche und auch die unterschiedlichsten Erfahrungen gemacht haben.«

Die Derwische erwiderten: »Wahrlich, viel ist uns widerfahren, aber wir haben weder die Kraft dazu, noch bereitet es uns Freude, dem König von unseren Entbehrungen, unseren Schwierigkeiten und unserer Wanderschaft zu berichten. Und so bitten wir, uns das Erzählen zu erlassen.«

Da strich sich der König durch seinen Bart, und lächelnd sagte er: »Erlaubt mir, euch zu erzählen, daß letzte Nacht, als ihr euch eure Geschichte erzähltet, ich dort verborgen dabei war und die Erzählungen von zweien von euch hörte. Nun bitte ich euch, erzählt mir auch die anderen, so daß ich von euch lernen und entsprechenden Nutzen daraus ziehen kann.«

»Wir können nicht erzählen«, sagten die zwei und ließen beschämt die Köpfe hängen. »Frag uns nicht!«

»In dieser Welt gibt es niemanden unter den Lebenden, dem nichts Seltsames und nahezu Unmögliches widerfahren wäre«, sagte der König, »daher werde ich euch über einige äußerst seltsame Begebenheiten berichten, die mir widerfahren sind, auf daß es euch ermuntere, von euren Abenteuern zu berichten.«

»Berichte, o König, und mögest du gesegnet sein!« erwiderten die Derwische wie aus einem Mund.

Azad Bakht begann dann seine Geschichte:

»Ich war noch recht jung, als mein Vater starb und ich ihm auf dem Thron folgte.

Ich war noch in der Blüte meiner jungen Jahre, und das gesamte Königreich Roum unterstand bereits meinem Befehl.

Da geschah es, daß ein Kaufmann aus dem Lande Badakhshan[1], welches berühmt war für seine Rubine, in die Hauptstadt meines Landes kam und einige wundervolle Waren mitbrachte. Eines der besten Stücke unter seinen Schätzen, die er an meinen Hof brachte, war ein bestimmter Rubin, welcher mehr als eine halbe Unze wog.

Obgleich ich ein König war, hatte ich doch niemals zuvor in meinem Leben einen Stein von solcher Schönheit und solchem Wert gesehen, und ich wünschte, ihn zu besitzen.

Der Kaufmann, der das Leuchten in meinen Augen sah, bot ihn mir unverzüglich zum Geschenk an. Ich war entzückt, machte ihm dafür viele Gegengeschenke und gab ihm ein Ehrenkleid. Außerdem verfügte ich, daß Soldaten den Kaufmann beschützen sollten, wo auch immer er in meinem Lande seinen Geschäften nachging, über-

1 Gebirgsgegend im Nordosten Afghanistans.

reichte ihm Papiere, die ihm erlaubten, in jedem Teil meines Reiches frei zu reisen und sandte Anordnungen an all meine Statthalter, daß er, wohin auch immer er ginge, mit der größten Freundlichkeit zu behandeln sei. Jeglichen Verlust, den er erleiden würde, sollten sie als ihren eigenen betrachten.
Jeden Tag pflegte ich nach dem Rubin zu schicken, um ihn zu betrachten und ihn ans Licht zu halten, um mich an seiner Farbe zu erfreuen; dies tat ich sogar während meiner offiziellen Audienzen.
Eines Tages, ich hatte den Rubin gerade einigen fremden Edelleuten gereicht, damit sie ihn bewundern könnten, bat mich einer meiner geschätzten Ratgeber, ob er mir ein Wort im Vertrauen sagen könne. In Anbetracht seines Alters und der langen Jahre, die er schon in meinen Diensten war, gewährte ich ihm diese Gunst unverzüglich.
»Herr«, sagte er sehr leise, so daß niemand außer mir es hören konnte, »Ihr seid ein mächtiger König, und es ziemt sich kaum, daß Ihr solch ein Aufheben um einen bloßen Stein macht und ganz besonders nicht in Anwesenheit all dieser Fremden hier. Zugegebenermaßen ist er einzigartig in seiner Qualität und seiner Farbe, aber schließlich ist es doch nur ein Stein. Gesetzt den Fall, daß all diese Gesandten hier, nachdem sie in ihre jeweiligen Länder zurückgekehrt sind, darüber befragt werden, was für ein Mensch Ihr seid, werden sie dann nicht allenfalls von Euch sagen können, daß Ihr jemand seid, der beständig mit Wohlwollen auf einen roten Stein blickt?«
Ich begann, ärgerlich zu werden, aber der alte Mann fuhr fort: »Darüber hinaus: in Nishapur, in Persien, lebt ein Mann, der zwölf Rubine dieser Größe besitzt, die auf

ein Halsband genäht sind, das sein Hund um den Hals trägt!«

Mittlerweile hatte ich meine Beherrschung vollständig verloren und rief meinen Wachen zu: »Gebt diesem verleumderischen alten Mann den Tod dafür, daß er es gewagt hat, auf diese Weise zu seinem König zu sprechen!«

Gerade als der Henker den alten Mann abführen wollte, erhob sich der Sonderbeauftragte der Franken und bat darum, zu mir sprechen zu dürfen.

»Was gibt es?« schrie ich.

»Ich würde gern erfahren, welchen Fehler Euer ehrwürdiger Wesir begangen hat«, fragte er.

»Welch größeren Fehler kann es geben, als einen König zu belügen!« rief ich aufgebracht.

»Ihr mögt im Recht sein«, beharrte er, »aber jemanden töten zu lassen, ohne über ihn Gericht zu halten, das ist keine Gerechtigkeit vor Gott.«

»Ist das wahrscheinlich, daß irgendein kleiner persischer Kaufmann, der armselig von Ort zu Ort zieht, in der Lage sein sollte, zwölf große Rubine auf das Halsband eines *Hundes* zu nähen?« schrie ich.

»Nichts ist unmöglich in dieser großen, weiten Welt«, sagte der Gesandte. »Vielleicht fiel solch ein Halsband in die Hände eines einfachen Kaufmannes, diese Art Leute haben oft einen seltsamen Geschmack. Aber gewißlich sollte ein lebenslang geleisteter Dienst, wie im Falle Eures alten und geschätzten Ratgebers, nicht leichtfertig vergessen werden.«

Ich fühlte, wie mein Zorn verrauchte und sagte: »Nun denn, ich schone sein Leben, für ein Jahr nur wird er in ein Gefängnis gehen. Wenn sich aber nach dieser Zeit seine

Worte als unwahr herausstellen sollten, dann wird er sterben. Wenn sich ein persischer Kaufmann finden läßt, der den Hals seines Hundes auf diese Weise schmückt, dann wird ihm vollständig verziehen sein.« Der Gesandte machte eine tiefe Verbeugung vor mir, und ich erklärte die Audienz für beendet.

Nun hatte dieser Wesir eine junge Tochter im Alter von fünfzehn oder sechzehn Jahren, die sehr hübsch war und wohlbewandert in den Künsten des Lesens, Schreibens und der Musik.

An dem betreffenden Tag spielte sie gerade in ihrem Zimmer, als ihre Mutter hereinkam und sagte: »O mein unglückseliges Kind, hätte ich doch einen Sohn, auch wenn er lahm oder blind wäre, anstatt einer nutzlosen Tochter!«

»Liebe Mutter«, sagte sie, »was ist geschehen?«

»Dein Vater wurde auf Befehl des Königs eingekerkert, weil er etwas gesagt hat, von dem der König behauptet, es könne unmöglich wahr sein.«

»Was kann er gesagt haben, daß es ihn in solche Schwierigkeiten bringt?« wollte das Mädchen wissen.

»Erzählt man nicht schon in allen Gassen der Stadt, daß dein Vater gesagt hat, es gäbe einen persischen Kaufmann im Bazar von Nishapur, der den Hals seines Köters mit einem Halsband aus zwölf Rubinen schmückt!«

»Und was könnte ein blinder oder lahmer Sohn in Anbetracht dieser Umstände ausrichten? Sage mir das!« fragte sie die verzweifelte Frau.

»Nun, selbst ein blinder oder hinkender Sohn würde sich aufmachen und bis ans Ende der Welt gehen, und sei es bis nach China, um zu beweisen, daß sein Vater im Recht ist!« war die Antwort.

»Laß uns unsere Gebete verrichten«, sagte das Mädchen, »und wenigstens auf diese Weise versuchen, die elende Lage meines Vaters etwas zu erleichtern!« So versuchte sie ihre Mutter zu trösten.

Sobald aber alle im Haus schliefen, schlich sie aus ihrem Bett und klopfte an die Tür ihrer alten Amme. »Liebe Amme«, sagte sie, »wenn mein Vater einen Sohn hätte, wäre er nicht nach Nishapur gegangen, um die Wahrheit über das mit Rubinen verzierte Hundehalsband herauszufinden? Nun, sage meiner Mutter bis zum Morgen nichts davon! Ich möchte deinen Mann, der den Mitgliedern unserer Familie stets sehr zugetan war, darum bitten, noch heute nacht mit mir zu dieser fremden persischen Stadt Nishapur aufzubrechen. Ich bin fest entschlossen, alles zu tun, damit mein armer Vater wieder freikommt, denn ich weiß, daß er nie etwas anderes als die Wahrheit sprechen kann.«

Für eine Weile machte die Frau ihrer jungen Herrin gegenüber Einwände, als sie aber sah, daß sie sich von ihrem Plan, ihrem Vater zu helfen, nicht würde abbringen lassen, stimmte sie ihr zu. Sie weckte ihren Mann und bat ihn, seine Vorkehrungen für die Reise zu treffen.

Als alles fertig war, belud er Kamele und Maultiere mit Lebensmitteln und Geschenken, und sie brachen auf. Die Tochter des Wesirs legte Männerkleider an und machte sich mit ihm auf die Reise. Als der Morgen kam, verbreitete sich das Gerücht, die Tochter des Wesirs sei verschwunden, aber niemand wußte, weshalb und wohin.

Die alte Amme wagte nicht, über die Angelegenheit zu reden, aus Angst, den Zorn ihrer Herrin auf sich zu laden.

Die beiden reisten von Herberge zu Herberge, und schließlich gelangten sie nach Nishapur.
Dort in der Karawanserei ließen sie ihre Tiere sich ausruhen und luden die Kaufmannsware ab, die sie mitgebracht hatten.
Am nächsten Tag zog die Tochter des Wesirs ein prächtiges Gewand nach Art der Bewohner von Roum über ihre Männertracht und begann, die Stadt Nishapur zu erkunden.
Schließlich kam sie zu einem Platz, an dem sich vier große Straßen kreuzten. Dort fiel ihr ein geräumiges Ladengeschäft auf, in dem eine große Anzahl kostbarer Juwelen zum Verkauf ausgestellt war. Sklaven, angetan mit den allerfeinsten Gewändern, warteten dort mit gekreuzten Armen darauf, die Käufer zu bedienen. Auch saß dort ein Mann, der augenscheinlich die Oberaufsicht innehatte, zusammen mit verschiedenen, offensichtlich höchst bedeutsamen Personen, die zu ihm sprachen.
Die Tochter des Wesirs schaute durch das Fenster und sagte zu sich selbst: ›Ob dies wohl der Juwelier ist, von dem mein armer Vater gesprochen hat? Bei Allah, ich wünschte, daß es so wäre!‹ Und als sie sich so umsah, erblickte sie zwei Männer in eisernen Käfigen, die mit Haken an der Decke aufgehängt waren. Sie hatten lange Haare und auch lange Fingernägel, und sie saßen mit dem Kopf auf den Knien in den Käfigen. Neben den Käfigen standen zwei riesige Abessinier mit großen Messern.
Die Tochter des Wesirs war zu erstaunt, um ihren Augen zu trauen. Sie ging hinein und sah unter all den wunderschönen Einrichtungsgegenständen einen Stuhl aus Elfenbein, auf dem ein großer Hund saß. Er wurde von zwei Dienern betreut, die ihn von einem goldenen Teller fütter-

ten, und von Zeit zu Zeit wischten sie ihm das Maul mit einem seidenen Taschentuch ab.

Hin und wieder wedelten sie dem Tier mit einem Fächer aus Pfauenfedern Kühlung zu. Als die Tochter des Wesirs genauer hinsah, entdeckte sie, daß der Hund ein Halsband mit zwölf großen Rubinen trug.

›Wie wird es mir gelingen, dieses Halsband zum König zu bringen, damit ich ihm beweisen kann, daß mein Vater unschuldig ist?‹ fragte sie sich selbst.

So beschäftigt war sie damit, über all das Wenn und Aber der Angelegenheit nachzudenken, daß ihr nicht auffiel, wie alle um sie herum sie anstarrten. Einer sagte zum anderen: »Dieser Kaufmann ist überaus gutaussehend.«

Ein reicher Kaufmann, der ganz besonders von ihrer Anmut und der Art, wie sie sich kleidete, angetan war, sandte – natürlich in der Annahme, sie sei ein Mann – einen Sklaven zu ihr, mit der Bitte, ihn zu besuchen.

Als die Tochter des Wesirs im Laden des reichen Kaufmanns saß, bemerkte sie, welch guten Eindruck sie auf den Mann gemacht hatte und lachte insgeheim über die Täuschung.

Nachdem die notwendigsten Höflichkeiten ausgetauscht waren, fragte sie ihr Gastgeber mit größter Freundlichkeit: »Aus welchem Land kommst du, und wohin gehst du, wenn du hier wieder aufbrichst?«

»Mein Vater«, sagte die Tochter des Wesirs, »kauft und verkauft allerhand hübsche Kleinigkeiten, aber nun, da er zu alt ist, um zu reisen, hat er mich gesandt, um an seiner Stelle nach interessanten Gegenständen Ausschau zu halten. Dies ist meine allererste Reise, und meine Geburtsstadt ist Istanbul im Land Roum, das Land, aus dem ich auch jetzt gekommen bin. Euer Name wird hier in Persien so hochgeschätzt, daß ich mich sehr geehrt fühle, in Euer Haus geladen zu sein. Ich war schon auf meinem Nachhauseweg, zurück zur Karawanserei, aber habt Dank für dieses erfreuliche Gespräch.«

»Mein lieber Junge«, sagte der alte Kaufmann, den der Gedanke, daß der stattliche junge Mann im Gehen war, betrübte, »ich bitte dich, bleib noch ein wenig hier in meinem Laden. Der Aufenthalt im Serail schickt sich nicht für jemanden wie Euch. Außerdem ist es durchaus möglich, daß ich dir bei deinen geschäftlichen Angelegenheiten helfen kann. Komm, schick nach deiner Habe! Ich werde dafür sorgen, daß du einen Ort hast, an dem du bleiben kannst.«

Obgleich die Tochter des Wesirs sich angesichts solcher Großzügigkeit sträubte, befahl der alte Kaufmann einem seiner Leute, unverzüglich zur Karawanserei zu gehen und die Sachen zu holen.

Der junge Kaufmann hieß einem Sklaven, mit ihm mitzugehen, und alsbald war die Angelegenheit geregelt.

Der alte Kaufmann schloß seinen Laden zur Nacht, und sie machten sich auf den Weg zu seinem Haus, den Hund mit dem Rubinhalsband trug er unter dem Arm. Die zwei Abessinier folgten mit den beiden Männern in den Käfigen, die sie auf ihren Köpfen trugen. Während sie gingen, hielt der alte Kaufmann seinen jungen Begleiter bei der Hand.

Das Haus, in das der junge Kaufmann kam, war außerordentlich schön gebaut, mit erlesenem Mobiliar eingerichtet und wohl ausgestattet. Auf einer Wiese am Ufer des Flusses, der durch den Garten floß, wurden Teppiche ausgebreitet, auch stellte man den Sitzplatz des Hundes dort auf. Bald saßen die beiden Kaufleute Seite an Seite auf bestickten Federkissen. Sie begannen mit den Getränken, während die Diener Vorkehrungen für ein üppiges Mahl trafen. Als erstes taten sie etwas Fleisch auf einen Teller und brachten das dem Hund. Das Tier kletterte von seinem Sitzplatz und fraß davon, soviel es wollte. Es trank etwas Wasser aus einem goldenen Napf, und dann wischte ihm einer der Diener das Maul mit einem seidenen Tuch ab. Sodann trugen sie den Teller zu den beiden Käfigen, entriegelten die Türen und holten die beiden darin gefangen gehaltenen Männer mit den langen Haaren und den langen Fingernägeln heraus.

Die Diener schlugen die Männer wiederholt mit Stöcken, zwangen sie, von dem Teller des Hundes zu essen und aus seinem Napf zu trinken, um sie sodann wieder unter zahlreichen Schlägen zurück in die Käfige zu treiben. Dann verschlossen sie die Türen und überreichten die Schlüssel ihrem Herrn, dem alten Kaufmann.

Als all dies vorüber war, begann der alte Kaufmann mit dem Essen. Der junge Kaufmann brachte keinen Bissen hinunter.

»Warum ißt du nicht, mein Freund?« fragte der Gastgeber.

»Dieses Betragen erweckt in mir Abscheu«, gab der junge Kaufmann zur Antwort. »Hier ist ein Hund, der von Dienern gefüttert wird und dem man das Maul mit einem seidenen Tuch abwischt, und dann müssen deine beiden Gefangenen in den Käfigen mit dem, was dieses Tier übrigläßt, vorliebnehmen. Wenn solcherart Erniedrigung von einem menschlichen Wesen stammen soll, so kann da nur Wahnsinn mit im Spiel sein!«

»Du mußt dir meine Geschichte anhören, dann wird sich dein Gemüt wieder beruhigen«, sagte der Kaufmann,

»aber ich kann sie dir nicht erzählen, bevor ich dich nicht etwas besser kenne. Diese, meine eigene Geschichte ist für mich eine zu traurige Angelegenheit, und so bitte ich dich, darüber Stillschweigen bewahren zu dürfen.«
»Nun denn«, sagte die Tochter des Wesirs, »wenn es nicht passend ist, davon zu sprechen, werde ich nicht weiter in dich dringen.« Aber sie dachte bei sich, daß sie so lange bei ihm bleiben mußte, bis es ihr auf irgendeine Art gelänge, sich des Halsbandes des Hundes zu bemächtigen.
Zwei Monate vergingen, und während all dieser Zeit ahnte auch niemand nur im entferntesten, daß der junge Kaufmann eine Frau war.
Eines Tages sagte sie zu ihrem Gastgeber: »Ich fürchte, ich werde dich bald verlassen müssen. Ich werde nicht länger hier bleiben können. Ich muß meine Geschäftsangelegenheiten wieder meinem Vater übergeben, der mich zweifellos mit großer Ungeduld erwartet.«
»O vortrefflichster Jüngling«, erwiderte der alte Kaufmann, »nun, da du mir so lieb geworden bist, kannst du mich nicht verlassen, denn wisse, ich habe keinen Sohn und gedachte, dich als meinen Erben einzusetzen. Schreibe deinen Eltern und lade sie ein, so schnell als nur möglich hierherzukommen, damit ich dir meine Geschäfte übertragen und mich um dich, meinen lieben Sohn, kümmern kann. Ich werde langsam alt, und ich erhoffe mir, daß du mich, wenn ich sterbe, begräbst und all das an dich nimmst, was ich in dieser Welt zurücklasse.«
Der junge Kaufmann gab darauf zur Antwort: »Es ist wahr, du bist mir gewißlich mehr als ein Freund gewesen und hast mir in der kurzen Zeit, welche ich dich erst kenne, all die Liebe eines Vaters erzeigt. Aber mein Vater

ist zu alt, um hierher zu reisen, und unlängst erst sandte er mir sehr dringliche Anweisungen, die ich nicht länger mißachten kann. Vielleicht, daß es mir zu einem späteren Zeitpunkt möglich sein wird, zurückzukehren, um dich wiederzusehen, wiewohl das zugegebenermaßen eine recht unsichere Sache ist.«

»Nun, mein lieber Junge«, sagte der andere, »wenn du nicht hier bei mir bleiben willst und nach Hause gehst, dann muß ich mit dir kommen, um dich auf deiner Rückreise nach Roum zu begleiten, das zu sehen ich mir schon immer gewünscht habe.«

So waren alle Vorbereitungen schnell getroffen, und sie brachen auf. Der Hund mit dem Rubinhalsband gehörte mit zur Reisegesellschaft, und auch die Männer in den Käfigen wurden mitgenommen.

Schließlich waren sie nur noch wenige Meilen von der Stadt Istanbul entfernt, und von ihrem Lager aus konnten die Kaufleute bereits die wunderschönen Kuppeln erkennen. Der junge Kaufmann sagte zu dem älteren: »Erlaube mir, vorauszureiten und meinen Eltern unsere Ankunft mitzuteilen, auf daß sie Vorbereitungen treffen können, ein Haus in unserer Nähe für dich herzurichten.« Der alte Kaufmann gab seine Zustimmung, und die Tochter des Wesirs ritt von dannen.

Als sie im Haus ihrer Eltern angekommen war, lief sie eilends die Stufen hoch zu den Gemächern ihrer Mutter.

Eine der Sklavinnen schrie: »Herrin, Herrin! Ein Mann ist hier in unseren Teil des Hauses eingedrungen! Laßt ihn züchtigen!«

Aber die Tochter des Wesirs rief aus: »Mutter, schau, ich bin es, dein Kind!«

»Oh«, rief die gute Frau, »welch ein Unglück ist das! Nach so langer Zeit kommst du zurück, entehrt, und dein armer Vater ist noch immer festgenommen und beim König in Ungnade!«
»So glaube mir«, sagte das Mädchen, »ich bin noch so unschuldig wie zu dem Zeitpunkt, als ich dich verließ. Unter einem Vorwand habe ich eben jenen Kaufmann hergebracht, dem der Hund mit dem Rubinhalsband gehört, von dem mein Vater dem König erzählt hat. Während meiner Reise verkleidete ich mich als Mann und nahm den Mann meiner Amme zu meiner Sicherheit mit.«
Als die Mutter erkannte, daß alles zum besten stand, segnete sie ihre Tochter und sagte: »Ich will dir alles glauben, was du gesagt hast, aber jetzt geh und tue, was erforderlich ist, um deinem Vater zu helfen, seinen guten Namen wiederzuerlangen.«
Die Tochter, die wieder ihre Männertracht angelegt hatte, kehrte zu dem alten Kaufmann zurück, der ihr schon ungeduldig und in großer Aufregung ob ihrer Abwesenheit entgegengeritten kam.
Wie sie so neben ihren Zelten beisammensaßen, ihren kühlen Sorbett tranken und Wasserpfeife rauchten, kam ein königlicher Jäger des Wegs. Als er die prächtigen Zelte, die Diener und den Hund mit dem Juwelenhalsband sah, zögerte er ein wenig und setzte sich dann zu ihnen, um mit ihnen zu trinken und zu rauchen.
Als er dann aufbrach, war er überaus verwundert, denn er hatte gesehen, wie der Hund und die Männer in den Käfigen behandelt wurden. Er ging geradewegs an den Hof und beschrieb, was er gesehen hatte. Mit der Zeit kam mir diese Geschichte zu Ohren, und sofort befahl ich meinen

Henkern, diesen betagten Kaufmann ausfindig zu machen und ihm dafür den Kopf abzuschlagen, daß er einen Hund besser behandelte als menschliche Wesen, mochten sie noch so verworfen sein.

Zufälligerweise war derselbe fränkische Gesandte, der auch damals dabei war, wieder anwesend. Ein Lächeln huschte über sein Gesicht, und ich wurde ärgerlich.

»Deine Zähne in meiner Gegenwart ohne triftigen Grund zu blecken, ist ein außerordentlich ungehobeltes Benehmen«, sagte ich etwas hitzig. »Warum hast du gelächelt?«

»Herr«, erwiderte er, »ich habe nur daran gedacht, daß es jetzt erwiesen ist, daß Euer ehrwürdiger Ratgeber tatsächlich die Wahrheit gesprochen hat. Somit sollte er freigelassen werden. Auch scheint es mir ungewöhnlich zu sein, daß Eure Majestät aufgrund der Erzählung eines dahergelaufenen Müßiggängers, den Tod eines so hochgeschätzten Untertanen befehlen sollte! Ergründet, warum dieser Hund wie ein Prinz behandelt wird und was es mit den Männern in den Käfigen auf sich hat. Man sollte meinen, daß das eine interessante Geschichte abgeben wird.«

So gab ich Befehl, den Kaufmann, den Hund, die Käfige und alle, die damit zu tun hatten, an meinen Hof zu bringen.

Bei ihrer Ankunft waren alle über diese Merkwürdigkeiten erstaunt, und viele waren angetan von den edlen Zügen des Jünglings, der zusammen mit dem alten Kaufmann eintrat.

Beide waren in vornehme Gewänder aus kostbaren Stoffen gekleidet. Der junge Mann brachte als Geschenk ein goldenes Tablett mit Inschriften von feinster Kalligraphie, und darauf lag eine Auswahl der hervorragendsten Steine aus allen Ländern unter der Sonne: Opale, Karneole, Türkise, Diamanten, Rubine, Lapislazuli und Klumpen schieren Goldes.

Ich nahm den Tribut mit Vergnügen an, als sich aber der alte Kaufmann dem Thron näherte, um sich vor mir zu verbeugen, konnte ich meinen Zorn nicht zurückhalten. »O du Dämon in Menschengestalt«, schrie ich, »wie kannst du diese Unglücklichen so behandeln und einen schmutzigen Hund derartig vergöttern? Welchem Glauben gehörst du an, daß du ein Tier auf diese Weise verehrst?«

»Großer König«, entgegnete der alte Kaufmann, »Ich bin ein wahrer Gläubiger; aber ich kann mein Geheimnis nicht jedermann enthüllen, nicht einmal Euch. Dort, wo ich bis vor kurzem lebte, war ich gezwungen, doppelte Steuern zu bezahlen, und die Leute nennen mich einen Hunde-Anbeter, so daß mein Leben nicht einfach zu ertragen ist. Aber ich würde es vorziehen, zu meiner Verteidigung nicht noch mehr zu erzählen.«

»Aber du *wirst* sprechen«, schrie ich, »mit diesem deinem Verhalten kannst du nicht ohne Erklärung davonkommen. Wenn du auf deinem Schweigen beharrst, werde ich dir die allerschwersten Bestrafungen zukommen lassen, bis deine Zunge gelöst ist.«

»Majestät, ich flehe Euch an, vergießt nicht wegen meiner scheinbaren Missetaten mein Blut oder das meines unglücklichen Pflegesohnes hier«, flehte der Kaufmann auf den Knien. »Bitte, bitte, wenn Ihr ebenso gütig seid, wie Ihr mächtig seid, laßt uns gehen und denkt nicht mehr an diese Angelegenheit.«

»Narr! Du kannst nicht freigelassen werden, ehe du nicht

mir und all denen, die hier versammelt sind, die Wahrheit gesagt hast«, sagte ich. »Nun, beginne deine Geschichte, und ich werde dein Richter sein!«

»Alsdann, gestrenger Herrscher, auf Euren Befehl hin werde ich alles erzählen«, sagte der Mann, »auch wenn ich eher alle Qualen dieser Welt auf mich nehmen sollte, statt mein Geheimnis preiszugeben.

Hört mir zu, und Ihr werdet alles erfahren. Zuvor schickt nach den Käfigen und laßt sie öffnen, so daß jene beiden Männer darinnen alles hören können, was ich zu sagen habe.«

Ich gab den Befehl, und die beiden Männer wurden herausgeholt und saßen auf dem Boden vor uns, in der Haltung tiefster Niedergeschlagenheit, die Köpfe waren ihnen auf die Knie gesunken.

»Beginne, alter Mann«, sagte ich, und er begann:

»O König, dieser Mann hier zu meiner Rechten ist mein ältester Bruder, und jener zu meiner Linken ist mein zweiter Bruder. Ich bin von uns dreien der jüngste; mein Vater war ein Kaufmann im Land Persien. Ich war gerade erst vierzehn oder fünfzehn Jahre alt, als er starb.

Kaum waren die Trauerfeierlichkeiten vorüber, als meine Brüder begannen, über unser Erbe zu sprechen.

»Laßt uns das Geld teilen«, sagten sie, »und jeder von uns mag mit seinem Anteil tun, was ihm beliebt.«

»Was habe ich mit der Teilung zu schaffen?« fragte ich. »Ich bin noch ein Knabe und wüßte nichts mit meinem Anteil anzufangen, wenn ihr ihn mir auszahlt! Bitte, seid so zu mir, wie es mein Vater war, gebt mir mein tägliches Essen und laßt mich hier in unserem alten Zuhause des Nachts schlafen, und ich werde glücklich sein.«

Darauf sagten sie: »Ja, du bist ein dummer Junge, kannst

nicht einmal lesen oder schreiben, so überlasse uns deinen Anteil am Erbe, damit wir uns darum kümmern können, daß du es nicht unnötig verschwendest.«
Ich war's zufrieden, und wiewohl ich noch immer wegen des Todes meines Vaters betrübt war, beschloß ich, mich in allen Dingen des Lebens nach ihnen zu richten.
Am nächsten Tag sagten sie zu meiner Bestürzung: »Die Räume, in denen du wohnst, werden wir selbst brauchen, und so schau dich selbst nach einem Ort um, wo du leben kannst!«
Da ich der Lieblingssohn meines Vaters war, brachte er mir häufig von seinen Reisen Kostbarkeiten mit, die ich nun hier und dort gegen ein Taschengeld verkaufen konnte. Mit der bescheidenen Geldsumme, die ich aus diesem Handel erzielt hatte, fing ich nun mit einem kleinen eigenen Geschäft an. Ich schlief in meinem winzigen Laden, und alles Kaufen und Verkaufen erledigte ich selbst. Nach drei Jahren stellte sich der Erfolg ein. Ich kaufte ein bescheidenes Haus und war sehr wohl in der Lage, auf dem Bazar meinen Lebensunterhalt zu verdienen.
Man achtete mich, und ich war sogar glücklich, obwohl man mich so gedankenlos aus dem Haus meines Vaters getrieben hatte.
Dieser Hund hier war mein Haustier und mein anhänglicher Gefährte.
Eines Tages kehrte mein abessinischer Sklave vom Einkaufen zurück und überbrachte mir schreckliche Nachrichten: »O Herr, Eure beiden Brüder werden gerade wegen ihrer Schulden von einem tobenden Mann auf dem Marktplatz ausgepeitscht, und er droht, sie zu Tode zu schlagen, wenn sie nicht die hohen Summen, die sie ihm

schulden, zurückzahlen. Es ist ein grauenvoller Anblick, und sie sind in einem schrecklichen Zustand!«

Sofort rannte ich zum Marktplatz und sah dort, daß meine Brüder grausam geschlagen wurden, so wie es der Sklave berichtet hatte.

Ich erkundigte mich, wie hoch die Summe sei, die sie schuldeten, und es hieß: »Zweitausend Silberstücke«. Ich schickte meinen Diener zum Keller meines Ladens und ließ das Geld herbeischaffen. Meine beiden Brüder wurden freigelassen, und ich nahm sie mit zu mir nach Hause, um sie baden und einkleiden zu lassen, denn sie waren schmutzig und in einem recht armseligen Zustand. Nicht einen Moment lang dachte ich darüber nach, was sie mit all dem Reichtum meines Vaters angefangen hatten oder ob ich sie, nachdem sie mich derart behandelt hatten, überhaupt in mein Haus hätte aufnehmen sollen.

Nachdem einige Zeit vergangen war und sie sich von ihren Hieben erholt hatten, sprach ich in Freundlichkeit zu ihnen und schlug folgendes vor: »Nun, Brüder, erlaubt mir, daß ich euch einige Handelsware gebe und Kamele, so daß ihr euch einer Karawane anschließt, mit der ihr in reiche Länder ziehen und einiges Geld für euch selbst machen könnt.« Eine Anzahl anderer Kaufleute hatte sich zusammengetan, um in die Gegend von Buchara zu ziehen, mit diesen sandte ich sie auf den Weg, damit sie Gesellschaft hatten und in Sicherheit waren.

Die Zeit verging, und bald war es ein Jahr her, seitdem ich die Vorkehrungen für sie getroffen hatte. Da ich nach so langer Zeit noch immer keine Nachricht von ihnen hatte, machte ich mir Sorgen und begann, Erkundigungen einzuziehen.

Aber ich konnte nichts über ihr Schicksal in Erfahrung bringen.
Als die Karawane schließlich zurückkam, befragte ich einen oder zwei der Mitreisenden.
»Ach ja«, sagten sie, »deine Brüder erreichten Buchara wohlbehalten, aber dort fingen sie an, mit jedem zu würfeln und zu spielen, und es waren nicht nur Spielhäuser, die sie aufsuchten. Der eine von ihnen verlor auf diese Weise alles, was er hatte, nun arbeitet er als Laufbursche in einem Haus der Glücksspiele, wo er all jene bedient, die dorthin kommen. Der andere Bruder ließ sich mit der Tochter eines Kaufmanns ein, der Feigensaft verkauft, und gab all sein Geld für Geschenke für sie aus. Nun bedient er an diesem Ort, an welchem der Feigensaft verkauft wird, und wie es aussieht, wird er diesen Ort wohl niemals mehr verlassen können.
Ich war sehr aufgebracht über diese Nachrichten und beschloß, meinen Brüdern unverzüglich zu Hilfe zu eilen.
Und – um es abzukürzen – nach einer langen und mühsamen Reise machte ich sie ausfindig und rettete sie.
Ich gab ihnen neue Kleider, gab ihnen Geld und brachte sie in ein Haus, das ich für sie erworben hatte und wo sie bleiben konnten.
Als sie wieder bei Kräften waren, stattete ich sie abermals mit Handelswaren und guten Packtieren aus und kehrte mit ihnen zurück.
Als wir schließlich unsere Heimatstadt fast erreicht hatten, ließ ich sie mit der Ware in einem Dorf zurück und kehrte heimlich zu meinem Haus zurück, damit niemand etwas von all dem erfahren sollte.
Ich erzählte jedermann, daß meine Brüder wohlbehalten aus der Fremde zurückgekehrt seien, und machte mich zu

dem Dorf auf, um sie nach Nishapur zu begleiten. Wer beschreibt meine Qual, als ich dort ankam und der Vorsteher des Dorfes in Tränen ausbrach, sobald er meiner ansichtig wurde, und laut schrie: »Man hat uns unserer herrlichen Pferde beraubt, all unser Vieh ist fort, und alles wegen deiner Brüder! Wollte Allah, du hättest sie nicht hiergelassen!«

»Warum, was ist nur geschehen?« fragte ich. »Erzähle mir alles und verschweige nichts!«

»Die wertvollen Karawanenlasten, die deine Brüder hier in diesem Dorf, das keine Festung zu seinem Schutz hat, gelagert haben, wurden von Straßenräubern gestohlen, die von ihrer Ankunft gehört hatten«, antwortete der Vorsteher, »und nicht genug damit, daß sie ihnen alles fortnahmen, auch uns nahmen sie alles restlos weg, all unsere Pferde und all unser Vieh! Was sollen wir jetzt bloß tun?«

Ich versicherte ihm, daß ich für den ganzen Schaden, den sie hatten, aufkommen würde und fragte: »Wo sind meine beiden Brüder jetzt?«

»Sie sitzen draußen vor der Stadt, nackt und völlig verzweifelt«, gab er zur Antwort.

Ich machte mich sofort auf, nahm zwei Gewänder von hohem Wert und auch Nahrung mit mir, holte meine Brüder und nahm sie mit zu mir. Drei Monate lang saßen sie in meinem Haus und machten in all dieser Zeit keinen Finger krumm.

Bald darauf stellte ich eine Karawane mit reichhaltigen Waren zum Verkauf zusammen, so wie ich es üblicherweise tat und, da meine Brüder sonst nichts taten, nahm ich sie mit mir.

Unser Schiff stach in See, als ich bemerkte, daß ich meinen

Hund zurückgelassen hatte. Kurz darauf hörte ich Bellen und Plätschern und sah, daß das Tier versuchte, uns nachzuschwimmen. Ich schickte ein kleines Boot los, und bald war er sicher an Bord gebracht. Bald begannen meine Brüder, denen sonst nichts einfiel, womit sie sich hätten beschäftigen können, Ränke gegen mich zu schmieden. Der eine sagte: »Es ist jedenfalls eine große Schande für uns, von unserem jüngeren Bruder die ganze Zeit über derartig unterstützt zu werden.« – »Ja«, erwiderte der andere, »überlasse es mir; ich habe eine Idee. Wenn alles gut geht, werden wir für den Fall, daß ich mit meinem Plan Erfolg habe, wohlversorgt sein.«

Beide verschworen sich, mich zu ergreifen und mich auf die eine oder andere Art zu Tode zu bringen, um dann all meinen Besitz unter sich aufzuteilen.

Eines Tages, ich hielt mich gerade in meiner Kajüte auf, kam mein zweiter Bruder herein und sagte zu mir: »Komm herauf an Deck, da ist etwas Wunderbares, das ich dir gerne zeigen möchte. So etwas hast du in deinem ganzen Leben noch nicht gesehen.«

Der Hund folgte mir, wie er es immer tat. Freiwillig ließ er mich nie allein.

Mein älterer Bruder stand weit über das Schiffsgeländer gelehnt und schaute hinunter auf das Wasser.

»Was ist da?« fragte ich.

»Unglaublich!« rief er aufgeregt. »Schau, schau, da unten, es ist einfach wundervoll!«

Ich schaute auf die Stelle, wohin er zeigte, und dann bekam ich zu meiner Überraschung einen Stoß von meinem anderen Bruder, der hinter mir stand. Mit einem mächtigen Aufklatschen fiel ich ins Wasser, und in wenigen Sekunden hatten mich die Wellen vom Schiff fortgetragen. Bald versuchte ich nur noch, völlig erschöpft, meinen Kopf über Wasser zu halten. Schließlich merkte ich, daß der Hund bei mir im Wasser war; er schwamm dicht neben mir und versuchte, mich über Wasser zu halten. Als sie mich hinuntergestoßen hatten, mußte er mir, nichts anderes wissend, als daß er bei mir zu sein hatte, nachgesprungen sein.

Ich hielt mich an seinem Schwanz fest, und er zog mich an den Strand. Dort blieb ich, durch das viele Untertauchen halb bewußtlos und ohne viel zu spüren, mindestens einen Tag lang liegen, bis ich irgendwann das Bellen des Hundes hörte, so als wolle er mich zu irgendeiner Unternehmung ermuntern.

Ich sah mich um, und in der Ferne erblickte ich eine Stadt. Auf halbem Weg dorthin kamen wir an einen Berg, dort ruhten wir uns die Nacht über aus. Am nächsten Tag gelang es uns, irgendwie die Stadt zu erreichen.

Wie ich so durch die Straßen ging, sah ich zwei junge Männer, gekleidet in persische Gewänder aus den feinsten Brokatstoffen und dachte bei mir: ›Diese meine Landsleute will ich um Hilfe bitten, gewißlich werden sie mir beistehen.‹ Lachend und scherzend spazierten sie daher, und als ich zu ihnen hinging, erkannte ich zu meiner Überraschung, daß es meine Brüder waren.

Sobald sie mich sahen, hörten sie auf zu lachen, und mein erster Bruder schlug mich mit dem schweren Stock, den er bei sich trug. Ich hielt mich am Gewand des zweiten fest und dachte, er würde mich vor dem ersten schützen, aber auch er versetzte mir einen Schlag und blickte sehr zornig.

Verzweifelt, wie ich war, flehte ich sie an, mir zu helfen, doch sie hatten kein Mitleid. Eine große Menschenmenge hatte sich versammelt, und einzelne wollten wissen: »Was hat dieser unglückliche Mann getan, daß er derart behandelt wird?«

Dann hörte ich zu meinem Schrecken, wie meine Brüder sagten: »Dieser Schurke war einer unserer Diener, der unseren jüngeren Bruder ins Meer gestoßen und all seine Schätze gestohlen hat. Seit langem suchen wir ihn schon, und nun haben wir ihn hier, in dieser Verkleidung gefunden.« Und sie fuhren damit fort, mich zu mißhandeln und beschimpften mich: »Elender! Dachtest du, du könntest uns und unserer Rache entkommen? Und das, wo du unseren geliebten Bruder auf solch schändliche Weise gemordet hast! Du solltest hingerichtet werden!«

Ich war völlig sprachlos. Bevor ich widersprechen konnte, hatten mich meine Brüder vor einen Richter geschleppt und des Verbrechens beschuldigt, das sie an mir verübt hatten! Man band mich an einen Pfahl, mitten auf einer Ebene, und ich wußte, daß mein Tod nahe war. Außer diesem Hund hier gab es niemand auf der ganzen Welt, der um mich geweint hätte. Er leckte meine Füße, bellte und knurrte alle an. Einige schlugen ihn mit Stöcken, andere warfen Steine nach ihm. Ich wußte nicht, auf welche Art ich sterben sollte, vielleicht durch Enthaupten. Ich war wie betäubt. Die Art und Weise, wie mir meine Brüder meine Freundlichkeit vergolten hatten, hatte mich derart erschüttert, daß es mir nahezu den Verstand geraubt hatte.

Aber die Dinge nahmen eine seltsame Wendung.

Folgendes war geschehen: Den König dieses Landes hatte ein schrecklicher Schmerz in seinem Herzen befallen. Welche Arzneien man ihm auch gab, sie zeigten keine Wirkung; er fühlte sich nur noch schlechter. Einige empfahlen dies, andere das; aber es nützte alles nichts. Schließlich sagte ein Heiliger Mann: »In solchen Fällen ist es ein wirksames Mittel, alle Gefangenen freizulassen!«

Auf diese Weise kam es, daß ich durch die Gnade Allahs um die elfte Stunde freigelassen wurde.«

Ein Soldat kam herangaloppiert, und mit einem einzigen Schwertstreich durchtrennte er die Fesseln an meinen Händen.

»Wenn sich das Leben des Königs derart in Gefahr befindet«, rief er, »werdet ihr doch wohl kaum jemanden töten!«

Ich war frei und wanderte umher; ich wußte nicht, was ich mit mir anfangen sollte oder wie ich mich ernähren sollte.

Aber meine verruchten Brüder waren mit mir noch nicht fertig; sie hatten einen Beamten mit einer großen Summe bestochen, und man ergriff mich aufgrund irgendeiner erfundenen Geschichte und warf mich in einen Kerker, ohne daß ich Wasser und Brot bekam.

»Er wird bald sterben«, sagten die Brüder zueinander, »lange kann er das nicht aushalten.«

Nun, dieser Kerker war tief unter der Erde, mitten unter einem Berg, der zu den Besitztümern Sulaimans[1], dem Beherrscher der Dschinn und der verzauberten Tiere, gehört haben mußte. O König, ohne zu zögern war mir der Hund zu diesem schrecklichen Ort gefolgt, und als man mich dann dort hinunterwarf, legte er sich dort oben so hin, daß er am Rand entlang lag.

Mittlerweile litt ich solchen fürchterlichen Hunger, daß

1 Gemeint ist der biblische Salomon, auf dessen Siegelring der Allergewaltigste Name (Gottes) eingraviert war, mit dessen Hilfe er Dschinn, Tiere, Winde u. a. beherrschte.

ich dachte, ich müsse tot sein, und dieser Ort wäre mein Grab.

Plötzlich hörte ich, wie von weit her, den Klang von zwei Stimmen. Ich dachte, diese müßten von himmlischen Wesen wie den Engeln Nakir und Munkir sein, die im Augenblick des Todes kommen, um die Sünden und die guten Taten eines jeden Menschen aufzuzeichnen.

Ich starrte in die Dunkelheit und bemerkte, daß ich nicht allein war, ein paar andere waren mit mir an diesem schrecklichen Ort.

»Wer seid ihr?« rief ich matt.

»Gefangene«, kam die Antwort.

»Dann bin ich am Leben?« fragte ich.

»Ja, aber du wirst bald sterben«, sagten sie, und ich hörte ein seltsames Gelächter und das Geräusch von Knochen, an denen genagt wurde.

Ich war mehr tot als lebendig. Durch die lange Zeit, die ich im Meer umhergetrieben war, durch die Schläge und durch die Angst wegen meiner Lage, war ich nicht mehr fähig zu denken, außer Allah um Erlösung anzuflehen und käme sie durch den Tod.

Von Zeit zu Zeit pflegte jemand zu kommen und mit einem Seil etwas Nahrung und einen Krug mit Wasser herunterzulassen.

Die anderen Männer in meiner Nähe griffen es sich und aßen und tranken alles, so daß nichts mehr für mich übrigblieb.

Dieser Hund beobachtete es und benutzte seine Intelligenz, die groß ist, um einen Weg zu finden, mir zu helfen.

Er rannte zur Stadt, lief in einen Laden und schnappte sich einen Kuchen. Damit lief er dann fort, und obgleich ihm

Jungen nachliefen und ihn mit Erdklumpen bewarfen, hielt er ihn fest, bis er bei meinem Gefängnis angekommen war. Er warf den Kuchen hinunter und bellte. Ich hörte ihn, und es gelang mir gerade noch, das Essen zu entdecken, bevor die anderen hinzukamen und hätten sehen können, was geschehen war. Dann lief der Hund zu dem Haus einer alten Frau, vor dem sich ein kleiner Brunnen befand, und sobald sie etwas Wasser in die Küche trug, sprang der Hund auf und bellte. Dann lief er ein Stück vor, kam zurück und bellte wieder, bis die Frau begriff, daß sie ihm folgen sollte. Sie nahm das Wasser und folgte ihm.

Schließlich führte er sie zu dem Berg, und aus dem Verhalten des Hundes erkannte die Frau, daß sein Herr in jenem Gefängnis eingekerkert war. Sie war eine herzensgute alte Frau, und sie ließ den Krug zu mir herunter, so daß ich zum ersten Mal nach vielen Tagen etwas trinken konnte.

Auf diese Weise brachte es diese stumme Kreatur fertig, mich mit Speise und Trank zu versorgen, jeden Tag brachte sie mir einen Kuchen, und die alte Frau brachte mir Wasser.

Dieses treue Geschöpf versorgte mich sechs Monate lang; ohne seine Hilfe hätte ich kaum mehr als ein paar Tage überlebt.

Eines Nachts, die anderen Gefangenen schliefen, fühlte ich mich außerordentlich elend und dachte, daß ich wohl niemals mehr das Licht des Tages sehen würde. Da fiel plötzlich ein Seil in meinen Kerker herunter, und eine Stimme flüsterte eindringlich: »Klettere an dem Seil hoch und entfliehe deiner Bestrafung.«

Ich kletterte schnell an dem Seil hoch, oben half mir dann

eine dunkle Gestalt auf die Füße. Ich fragte mich, wer es wohl sein mochte, der mich auf so wunderbare Weise errettet hatte, aber die Gestalt sagte: »Schnell, es ist nicht an der Zeit, länger hier zu bleiben. Laß uns gehen!« Man half mir in den Sattel eines der beiden Pferde, die bereitstanden, und gefolgt von meinem Hund, galoppierten wir davon.

Als der Morgen graute – wir waren schon eine recht beträchtliche Strecke geritten –, wandte sich mein Gefährte um, der vor mir geritten war, und sah mir ins Gesicht. »Wer in Gottes Namen bist du?« fragte er. Ich sah nun einen sehr stattlichen jungen Mann vor mir, gekleidet in das Kettenhemd eines Kriegers und mit einem großen Schwert in der Hand. Als er mich erblickte, biß er sich voll Verdruß auf die Lippen.

»Ich bin ein Reisender«, gab ich zur Antwort, »dem die schrecklichsten Leiden widerfahren sind, und ich danke dir aus tiefstem Herzen, daß du mich errettet hast. Aber, was glaubtest du, wer ich sei?«

»Das ist jetzt unwichtig«, sagte er, »komm, wir müssen weiterreiten!« Das taten wir, und schließlich kamen wir zu einer Insel. Dort stieg der junge Mann von seinem Pferd, und ich tat es ihm nach. Wir ließen unsere Pferde grasen, und während sie weideten, saßen wir beieinander.

»O Mensch von unglücklichem Geschick«, sagte der Reiter, »nenne mir deinen Namen und das Land deiner Geburt!«

Ich erzählte ihm alles über mich, von Anfang bis zum Ende, und keine Einzelheit ließ ich unerwähnt.

Als der junge Mann meine Geschichte gehört hatte, bekundete er mir sein Mitleid und erzählte mir folgendes: »Ich bin eine Frau: die Tochter eines Radschas aus dem

Lande Hindustan, und der Name des jungen Mannes, der im selben Gefängnis war, wo auch du begraben warst, und den zu befreien ich glaubte, ist Bahramand. Er ist der Sohn des obersten Ministers meines Vaters, und ich bin in Liebe zu ihm entbrannt. Bald nach unserer ersten Begegnung wurden wir ein Liebespaar, aber jemand berichtete meinem Vater von unserer Beziehung, und wie du wurde er in den Kerker unter dem Berg geworfen.

Der andere Mann ist sein Bruder, welcher in der Nacht, als er von den Wachen meines Vaters ergriffen wurde, bei ihm war. Es sind jetzt drei Jahre, seit sie dorthin gebracht wurden. Woche um Woche gelang es mir, ihnen als ein Krieger verkleidet, einige Nahrung hinunterzulassen. Letzte Nacht hatte ich einen seltsamen Traum; eine Stimme sprach mir ins Ohr: ›Gehe zu jener Grube, zu der du schon gegangen bist, lasse ein Seil hinunter und rette ihn!‹

In dem Glauben, daß mir die himmlische Stimme bedeutet hatte, ich solle meinen Geliebten retten, eilte ich, alles so auszuführen, wie sie mir geboten hatte. Offensichtlich aber war es deine Bestimmung, gerettet zu werden. Vielleicht war es die Stimme eines Schutzengels, welcher dir seit deiner Geburt gegeben war, um über dich zu wachen. Nun ist es jedenfalls geschehen; danke nicht mir dafür«, sagte sie, als ich mich anschickte, die Hände dieser schönen und heldenhaften Frau zu küssen, »denn ich bin nur ein Werkzeug.«

Nach einer Weile holte sie etwas Nahrung hervor und gab mir auch zu trinken, was meine Lebensgeister wieder erweckte. Sie schnitt mir die Haare und die Nägel und gab mir einige aufeinander abgestimmte Kleidungsstücke aus feinem Tuch. Besonders nach dieser langen Zeit, die ich,

in scheußliche Lumpen gekleidet, verbracht hatte, erschienen sie mir von unschätzbarem Wert.
Dann fiel ich auf die Knie nieder, um Allah aus tiefstem Herzen für meine Errettung Dank zu sagen.
»Was tust du da?« fragte sie, als ich geendet hatte.
»Ich bete zu meinem Gott«, antwortete ich, »denn es gibt nichts außer Ihm, und Mohammed ist Sein Prophet.«
»Du mußt mich diese Religion lehren«, sagte sie. »Deine innere Stärke und dein Glaube haben mich tief bewegt.«
Darauf sprach ich das Glaubensbekenntnis[1] und ließ sie es wiederholen, und sie erklärte, wie froh sie war, den Glauben angenommen zu haben.
Dann setzten wir unsere Reise fort, und nach sehr langer Zeit kamen wir in ein Land, welches nicht weit von Ceylon entfernt war. Das Klima war sehr milde und die Bewohner glücklich und bezaubernd. Ich erwarb dort ein Haus und beschloß, die schöne Tochter des Radschas zu heiraten; und wir ließen uns dort nieder, um in Frieden zusammen zu leben.
Innerhalb von drei Jahren hatte ich, da ich meine Handelsgeschäfte mit großer Sorgfalt und mit Erfolg führte, alle anderen Kaufleute in dieser Gegend übertroffen.
Eines Tages, ich war gerade unterwegs, um irgendwelchen Geschäften nachzugehen, sah ich, wie zwei Männer, die man offenbar bei Diebstahl und Ehebruch ergriffen hatte, von einer großen Menschenmenge gesteinigt wurden.
Mit auf dem Rücken gefesselten Händen wehrlos dem

1 Das islamische Glaubensbekenntnis lautet:
›Ich bezeuge, daß es keinen Gott außer Allah gibt, und bezeuge, daß Mohammed der Gesandte Allahs ist.‹

Hagel der Steine ausgeliefert, so traf ich meine beiden Brüder wieder.

Als ich sie in solch einer schrecklichen Lage sah, wandte sich mein Herz ihnen zu, und ich gab den Wachen einen Beutel Goldstücke, damit sie die Hinrichtung für kurze Zeit aufschoben. Ich ging zum Haus des Statthalters und bat ihn, das Leben meiner Brüder zu schonen und überreichte ihm ein Juwel von unschätzbarem Wert.

»Ich bedaure«, sagte der Statthalter, »ich bin nicht imstande, etwas für sie zu tun. Die beiden sind der schändlichsten Vergehen überführt worden, und ihr Fall liegt nicht in meiner Hand.«

Ich verließ ihn, machte die Kläger ausfindig, und nach langem Feilschen gab ich ihnen fünftausend Goldstücke, damit sie ihre Klage zurückzogen.

O Beschützer der Bedürftigen, frage sie, frage meine Brüder, die hier vor dir sind, ob ich etwas anderes als die reine Wahrheit sage! Ich bekam sie frei, brachte sie an einen Ort, wo sie ein Bad nehmen konnten, stattete sie mit neuen Kleidern und Schuhwerk aus, gab ihnen prächtige Turbane und juwelenbesetzte Gürtel aus feinstem Silber. Ich nahm sie mit mir nach Hause, und abermals lebten sie in Saus und Braus.

Wenn ich ausritt, blieben sie im Haus zurück. Eines Tages kam meine Frau – ich hatte meine Gründe dafür, daß ich sie ihnen nicht vorgestellt hatte – aus den Bädern zurück, als der Wind zufällig ihren Schleier zurückwehte. Kaum hatte mein zweiter Bruder, der auf einem Diwan in der Empfangshalle unseres Hauses ruhte, ihr Gesicht erblickt, verliebte er sich in sie.

Er erzählte meinem anderen Bruder davon, und wieder schmiedeten sie gemeinsam einen Plan, mich zu töten.

Inzwischen dachte ich bei mir selbst: ›Gelobt sei es, es sieht so aus, als hätten sie nichts Böses mehr vor.‹ Aber, wie Saadi sagt, Übeltätern gegenüber Nachsicht zu zeigen, bedeutet, Unschuldige dem Bösen auszuliefern. Eines Tages begann mein ältester Bruder zu seufzen und sich zu grämen, denn, wie er sagte, sei sein Herz schwer vor Heimweh nach unserem Heimatland Persien. Darauf begann auch mein anderer Bruder zu weinen.
»Wenn ihr nach Hause zurückkehren wollt, so sollt ihr das unter allen Umständen tun, meine Brüder«, sagte ich. »Ich werde mit euch gehen.«
Ich sagte meiner Gemahlin, daß sie krank vor Heimweh seien, sie aber, empfindsam wie sie war, erwiderte: »Liebster, laß dich nicht von ihnen täuschen! Ich fürchte, sie könnten irgendeinen fürchterlichen Plan geschmiedet haben, um dir Leid anzutun. Nach all dem, was sie dir angetan haben, wie kann ich ihnen da jemals wieder trauen?«
Da ich aber in meinem Herzen keinen Groll mehr gegen die beiden hegte, so beruhigte ich sie, nahm Abschied von ihr, und wir brachen auf.
Ich wurde zum Führer der Karawane gewählt, und beim ersten Halt, den wir machten, setzte ich mich zum Essen zu meinen Brüdern. »Nicht weit entfernt von hier ist ein wundervoller Ort«, so sagten sie, »mit allen möglichen Arten von Bäumen, mit Vögeln, Blumen von seltener Schönheit und plätschernden Flüssen. Laß uns da morgen hingehen und dort ein wenig verweilen, um uns an den Wundern der Natur zu erfreuen!«
Ich willigte ein, und als der Morgen anbrach, ließ ich in der Absicht, schneller dorthin zu gelangen, mein Pferd bringen. Aber sie sagten: »Nein, nein, um den Frieden

und die Ruhe richtig genießen zu können, mußt du zu Fuß dorthin gehen.« Zwei Stallburschen führten die Pferde in einiger Entfernung hinterher, und zwei Diener trugen den Kaffeetopf und die Wasserpfeife. Auf dem Weg dorthin vergnügten wir uns damit, Pfeile in die Luft zu schießen, und nach einer Weile sandten meine Brüder die Diener mit irgendeinem unwichtigen Auftrag fort.
Statt Quellen und Rosen, Bäumen und Wasser sah ich nach einer Weile, daß es nichts als eine weite Ebene voller Dornengestrüpp gab. Ich wandte mich um, zu fragen, was das alles bedeuten sollte, als mein Hund in diesem Moment warnend bellte. Aber das nützte mir nichts mehr, denn in diesem Augenblick versetzte mir mein ältester Bruder mit dem Schwert einen solchen Schlag auf den Kopf, daß mir vor Schmerz für einige Augenblicke die Sinne schwanden. Kaum hatte ich mich davon erholt, da gab mir mein anderer Bruder einen Schlag auf die Schulter. Der Hund versuchte, sie anzugreifen und verteidigte mich nach Kräften, aber es nützte nichts. Er wurde ebenfalls verwundet und bot einen mitleiderregenden Anblick. Dann versetzten sie sich selbst einige leichte Hiebe, bis Blut floß, um alsdann schreiend zu unserer Karawane zu rennen: »Lauft um euer Leben, Räuber kommen, schnell fort – oder wir werden unser Leben und unsere Waren verlieren!«
Als die anderen das hörten, eilten sie, um die Vorbereitungen für die Flucht der Karawane zu treffen, und bald waren sie außer Sichtweite.
Als meine liebe Gemahlin erfuhr, daß ich ›von Räubern getötet worden sei‹, griff sie sofort zu einem Dolch und tötete sich, denn sie fürchtete, meinen Brüdern in die Hände zu fallen. O ihr Menschen, niemals sind jemandem

solche Dinge widerfahren wie mir! Schaut auf diese Narben!« Und er nahm seinen Turban ab und zeigte die große Wunde, die ihm das Schwert seines Bruders geschlagen hatte, und er entblößte seine Schulter, um die Spuren von der Klinge des anderen Bruders zu zeigen.

»Als diese Brüder dachten, sie hätten sich meiner entledigt, machten sie sich davon. Ich lag wie bereits tot in meinem Blut, und neben mir lag blutend mein Hund, ebenfalls besinnungslos durch den großen Blutverlust.

Nun, der Platz, wo ich lag, befand sich im Land Sarandip, und nicht weit entfernt gab es eine außerordentlich wohlhabende Stadt. In dieser Stadt lebte ein mächtiger König, der eine unglaublich schöne Tochter hatte, die von vielen Prinzen und Mächtigen geliebt und zur Frau begehrt wurde.

Diese Prinzessin kam nun zu Pferd mit einigen ihrer Gefährtinnen in die Nähe der Stelle, wo ich lag.

Als die Dienerinnen meiner ansichtig wurden, liefen sie zu ihrer Herrin, stießen Schreie aus und riefen: »Ein armer Mann liegt sterbend in einer Blutlache und neben ihm in einem schrecklichen Zustand sein Hund, dessen Körper über und über mit Wunden bedeckt ist.«

Als die Prinzessin dies von ihnen erfahren hatte, fragte sie, ob noch ein Funke Leben in mir sei. »Er atmet noch«, sagte eine alte Frau, als sie ihren Kopf an meine Brust brachte. »Lob sei dem Großen Götzen!« sagte die edle Dame. »Laßt uns ihn und den Hund zu meinem Garten bringen!«

Sie legten mich auf einen Teppich, und vorsichtig trugen sie mich in den Garten, der der Prinzessin gehörte.

Wie glücklich war ich, in diese edelmütigen Hände gefallen zu sein! Man sandte nach einem Arzt, der meine

Wunden nähte und mir Arzenei verabreichte, ich wurde gebadet und gepflegt.
Die Prinzessin selbst saß am Fußende meines Bettes, und von ihrer eigenen zarten Hand wurde mir löffelweise Honig oder schluckweise Sorbett eingeflößt.
Als ich schließlich wieder bei Bewußtsein war, beugte sich die Prinzessin in ihrem rosenfarbenen Schleier, der mit ceylonesischen Taubenblutrubinen bestickt war, über mich und erkundigte sich: »Wer konnte dir das antun? Hat er nicht vom Zorn und der Macht des Großen Götzen gehört?«
Ich konnte nicht sprechen, da ich von dem hohen Blutverlust noch so geschwächt war, und es gelang mir nur, ein wenig zu lächeln.
Die Prinzessin lächelte auch und sagte: »Ruhe dich aus, Perser, und fürchte dich nicht! Du bist hier in guten Händen. Denn hat nicht der Große Götze dir große Milde erzeigt, indem er dich hat überleben lassen?« Dann gab die Prinzessin ein Zeichen, und ich wurde mit Rosenwasser von einer so seltenen Güte, wie ich es noch nie zuvor gerochen hatte, besprengt und schlief ein.
Nach vierzig Tagen war ich vollständig geheilt, die Prinzessin belohnte den Arzt reichlich und kleidete mich in feinste Stoffe. Mein guter Hund war gleichfalls genesen und wich mir nicht mehr von der Seite.
Meine Geschichten über Reisen und Handel belustigten die Prinzessin, und wir waren uns bald sehr zugetan, aber niemals erzählte ich von meiner eigenen Geschichte.
Eines Tages fragte sie mich neugierig: »Wie geht deine Lebensgeschichte, und wie konnte dir dieses Unglück zustoßen?«
Darauf erzählte ich ihr meine wahre Geschichte von An-

fang bis Ende, und wie sie so freundlich zuhörte, während ich ihr mein Herz ausschüttete, stiegen mir oft die Tränen in die Augen.

Auch sie weinte, besonders als sie vom Tod meiner lieben Gemahlin hörte, und sagte: »Ich will dir helfen, nach und nach all das zu vergessen, was dich so schmerzt.«

Ich erwiderte: »Allah schütze dich! Du hast mein Leben gerettet und es mir zurückgegeben; dafür werde ich dir niemals genug danken können.«

Sie pflegte bei mir bis spät in die Nacht hinein zu sitzen, und ihre Amme saß auch bei uns, lauschte unseren Gesprächen und Plaudereien.

Wenn die Prinzessin gegangen und ich allein war, pflegte ich meine Gebete zu sprechen. Einmal geschah es, daß sie kam, um nach mir zu sehen, als ich gerade bei meinen Gebeten war und mich in völliger Sicherheit wähnte. Die Prinzessin sah mich auf meinen Knien und war über alle Maßen überrascht.

»Was tust du?« rief sie. »Was sollen diese sonderbaren Bewegungen?«

Sie lachte laut, als ich meinen Kopf nach links und nach rechts wandte und die letzten Worte meines ›Salaamaleikum‹ murmelte. Aber ihre Amme, die ihr nachgekommen war, flüsterte: »Es scheint mir, Prinzessin, daß dieser Mann ein Anhänger Mohammeds ist und einen unsichtbaren Gott anbetet.«

»Du lieber Himmel«, rief die Prinzessin und schlug sich mit der Hand an die Stirn, »ich hatte keine Ahnung, daß er solch ein Mensch ist! Jemand, der nicht an den Großen Götzen glaubt! Oh, welch einen großen Fehler habe ich begangen! Ihn zu retten und ihn in mein bisher unbeflecktes Haus aufzunehmen...«

Weinend und voll Verzweiflung ging sie fort.
Tagelang wartete ich, ohne daß sie zu mir zurückkam.
Bestürzt wartete ich drei Tage und drei Nächte lang und fragte mich, was sie so aus der Fassung gebracht haben mochte, denn ich konnte nichts Falsches darin sehen, ein Diener Allahs zu sein, zumal ich es ihr auch nicht vorgehalten hatte, daß sie eine Götzenanbeterin war.
Um die Mitternachtsstunde der dritten Nacht, als ich schon alle Hoffnung, sie jemals wiederzusehen, aufgegeben hatte, erschien sie in der Empfangshalle des Hauses. Ihre Amme war bei ihr und stützte sie. Ich sah, daß deren Augen vom Wein glänzten, ihr Gesicht war gerötet, und ihr Gang war recht unsicher. In der Hand trug sie einen Bogen mit einem Pfeil aus Gold und feinstem Elfenbein. Sie ließ sich auf einer Ecke des Teppichs nieder und verlangte nach einem Becher Wein. Nachdem sie ihn in einem Zug geleert hatte, fragte sie: »O Amme, ist jener schändliche Perser, welcher Allah verehrt, noch hier, oder ist er bereits fort?«
»Nein, Herrin«, erwiderte die Frau, »er ist noch immer hier.«
»Sag ihm, er soll näherkommen«, rief die Prinzessin.
Die Amme führte mich vor ihre Herrin, und ich stand nicht weit fort von ihr. Ich sah, daß sie voller Zorn war und daß ihr Körper vor Wut zitterte.
Sie warf mir einen herausfordernden Blick zu, wandte die Augen dann von mir ab und fragte ihre Amme: »Wenn ich diesen Ungläubigen mit meinen eigenen Händen töte, wird mir der Große Götze dann verzeihen oder nicht? Habe ich nicht in den Augen des Großen Götzen ein Verbrechen begangen, indem ich ihn in meinem Haus behalten habe und ihn unter meinem Dach gespeist habe?«

»Prinzessin«, erwiderte die Amme, »als Ihr ihn gerettet und hierhergebracht habt, wußten Eure Hoheit nicht, daß er war, was er ist. In Eurem Erbarmen habt Ihr edelmütig gehandelt. Glaubt mir, Herrin, das kann nicht zu einer Schande für Euch werden. Der Große Götze wird den Mann zweifelsohne früher oder später für die Verruchtheit strafen, die er begangen hat.«

»Nun Amme«, sagte sie, noch immer mit der Hand am Bogen, »sag ihm, er soll sich hinsetzen.«

Die Amme forderte mich auf, dies zu tun, und ich sank auf die Knie.

Dann trank die Prinzessin einen weiteren Becher Wein, der sehr stark und rot war, und forderte die Frau auf, auch mir einen Becher voll zu reichen. »Er wird den Schmerz meines Pfeiles nehmen«, sagte sie halb flüsternd.

Sie blickte ihre Amme an und sagte: »Möchtest du zu Bett gehen, alte Frau? Du siehst müde aus.«

Die Frau hatte den Wink begriffen, gähnte hinter vorgehaltener Hand, während sie ihre Verbeugung machte, und verschwand außer Sichtweite.

»Törichter Mann«, sprach mich die Prinzessin schließlich an, und zum erstenmal, seitdem sie hereingekommen war, schaute sie mich an. »Was hast du Schlechtes an unserem Großen Götzen gefunden, daß du deine Zuflucht zu der Macht eines unsichtbaren Gottes nimmst?«

»Liebliche Prinzessin von Sarandip«, antwortete ich, »ich bitte Euch, laßt mit Euch reden und denkt darüber nach, was ich Euch sage: Ein Gott, der ein so wunderschönes Geschöpf wie Euch aus einem Klumpen Lehm erschuf und Euch Verstand und Herz gab – wie sollte er nicht existent sein! Welch ein kaltes, totes Ding ist so ein Steingötze, als daß man an ihn glauben könnte! Allah hat ihn als nichts anderes als einen Stein erschaffen, wie sollte der Leben geben können, wie Er es gibt?«

Ich bat sie dann, mir das Glaubensbekenntnis nachzusprechen, was sie zuerst zögerlich tat, dann aber mit Hingabe und schließlich mit Überzeugung. Ich warf mich ihr zu Füßen, dankte ihr, und sie wurde zu einer wahrhaft Gläubigen.

Als der Morgen anbrach, hatte sie Pfeil und Bogen weggeworfen und war gänzlich die Meine geworden.

»Nun, ich bin etwas besorgt heute«, so berichtete sie mir, »denn morgen um die Mittagsstunde soll ich meines Onkels Sohn heiraten, der ein Götzenanbeter ist und – was glaubst du, wie meine Gefühle sein werden, wenn ich ein Kind bekomme und es als Götzendiener erzogen werden soll?«

»Ich muß versuchen, dich so bald, wie es nur möglich ist, zu retten«, sagte ich ernst in Anbetracht ihrer mißlichen Lage. »Ich werde jetzt zur Karawanserei gehen und dort bei den Muslimen bleiben, und du läßt morgen die Zeremonie über dich ergehen. Um meine Reise fortzusetzen, muß ich Vorbereitungen treffen, um mich einzuschiffen, und wenn ich abreise, werde ich dich mitnehmen. Hab keine Angst, ich werde zu dir kommen oder dir eine Botschaft senden.«

»Ich werde meine Amme öfter zu dir schicken, um dich über den Fortgang auf dem laufenden zu halten«, sagte sie, »und wenn du mir einen Brief sendest, daß alles vorbereitet ist, werde ich meiner Amme einen Becher mit irgendeinem starken Trank geben, der sie unverzüglich in tiefen Schlaf versetzen wird, und zu dir eilen.«

Wir trennten uns, und ich trieb die Vorkehrungen für die Reise voran. Während der Zeit, die ich fern der Prinzessin verbrachte, lebte ich nur durch die Hoffnung, so schnell, wie es nur möglich war, wieder mit ihr vereint zu sein. Schließlich traf ich mich mit anderen Kaufleuten aus verschiedenen Ländern, aus Roum, aus Syrien, aus Damaskus und Isfahan, und wir mieteten gemeinsam ein Schiff, das uns zu all unseren verschiedenen Bestimmungsorten bringen sollte oder zumindest so nahe dorthin, wie es auf dem Seeweg nur möglich war.

»Ich brauche nur eine kleine Kabine«, sagte ich. »Ich habe diesen Hund, eine Truhe und eine Sklavin; nehmt hier das Geld für meine Überfahrt.« Indem ich so sprach, zahlte ich den Preis und fühlte mich etwas beruhigter, obwohl ich noch immer sehr aufgeregt war, was die Ausführung des letzten Teils meines Planes betraf.

Ich ging zum Haus der Amme, verabschiedete mich mit einem Beutel Silberstücke und erzählte ihr, daß ich nun in meine Heimat zurückkehren würde. »Wenn ich die Prinzessin doch nur für einige Sekunden sehen könnte«, fuhr ich fort. »Es wäre höflich, ihr dafür zu danken, daß sie mein Leben gerettet hat, und ihr auf ein letztes Mal Lebewohl zu sagen.«

Die Amme stimmte zu und sagte: »Wenn Ihr die Freundlichkeit haben wollt, heute nacht zu dem und dem Ort zu kommen, so will ich zusehen, daß ich sie bewegen kann, Euch zu treffen.«

Ich erwiderte: »So sei es!« und ging zurück zum Serail, ließ meine Truhe von einem Sklavenjungen an Bord tragen und meine Lagerstatt in die Kabine schaffen.

»Morgen werde ich meine Sklavin und meinen Hund mit an Bord bringen«, sagte ich zum Kapitän.

»Gut so«, sagte er, »denn wir werden den Anker sehr zeitig lichten, mit der ersten Flut des Tages.«

»Ich werde rechtzeitig da sein«, entgegnete ich. Mein Herz schlug mir in der Brust wie eine Nachtigall im Käfig.

Bei Einbruch der Dunkelheit fand ich mich am vereinbarten Ort ein, und eilends kam die Prinzessin auf mich zu; sie war in ein Gewand aus gewöhnlichem Tuch gekleidet, ihre Juwelen trug sie in einer Schatulle bei sich, die in einen Schal von sehr gewöhnlicher Machart eingeschlagen war.

Sie reichte mir das Bündel und stieg in das Boot, das uns hinaus zu dem Schiff brachte.

Der treue Hund kam mit uns, war so nah wie unsere Schatten.

Mit der ersten Flut des Tages lichteten wir den Anker, und bald waren wir auf See.

Als wir auf dem Deck des Schiffes standen, konnten wir in der Ferne den Donner von Kanonen hören.

Irgend etwas war geschehen, und angsterfüllt sahen wir uns an. Die Prinzessin zog den rauhen Stoff ihres Schleiers enger um sich.

Die Anker wurden heruntergelassen, und jedermann an Bord machte sich Sorgen über den Grund der Beschießung.

Alle Kaufleute hatten hübsche Sklavinnen an Bord, die sie in Ceylon gekauft hatten und fürchteten, daß der Hafenmeister, falls er an Bord kam, sich ihrer bemächtigen würde, wie er es gewöhnlich tat, wobei er ihren Besitzern kaum das gab, was sie selbst bezahlt hatten.

So versteckten sie ihre Sklavinnen in Kisten mit durchbrochenem Gitterwerk im Deckel, auf daß sie ihre wundervolle menschliche Fracht nicht verloren.

Ich tat es den anderen nach und steckte meine geliebte

zierliche Prinzessin in meine Truhe und hoffte, daß sie durch die Löcher in der Seite genug Luft zum Atmen bekommen würde.

In der Zwischenzeit hatte sich der Hafenmeister beeilt, uns mit seinen Beamten auf einem schnellen Boot einzuholen und gab Signal, daß sie an Bord kommen wollten.

Insgeheim dachte ich, daß er Nachricht vom Verschwinden der Prinzessin hatte und aus diesem Grunde alle Schiffe, die den Hafen verließen, durchsuchen wollte. Jedoch bemühte ich mich, zuversichtlich dreinzuschauen und hoffte, daß, wenn ich keine Furcht zeigte, alles gut gehen würde.

Aber ich hatte nicht mit der Gerissenheit des Hafenmeisters gerechnet. Bald hieß er uns all unsere Kisten öffnen, und zu meinem großen Kummer wurde die Prinzessin mit den anderen Mädchen gefangengenommen und fortgeschafft. Nach einigen wenigen Stunden wurden den Kaufleuten einige ihrer Mädchen zurückgebracht, aber die Prinzessin war nicht unter ihnen. »Was mag mit meiner Sklavin geschehen sein?« erkundigte ich mich. »Vielleicht hat sie die Gunst des Königs gefunden?« sagte jemand. Ich war halb verrückt vor Kummer und Sehnsucht. Wie konnte ich die Wahrheit herausfinden? Es schien gänzlich unmöglich, etwas ausfindig zu machen.

Die Kaufleute versuchten, mich zu trösten und sagten: »Nun, mach dir doch nichts draus, du kannst dir doch schon auf dem nächsten Marktplatz, den wir anlaufen, eine andere Sklavin kaufen. Es ist doch nicht der Weltuntergang!« Wie sollte ich ihnen sagen, daß es genau das für mich bedeutete.

»Ich kann jetzt nicht nach Persien gehen«, sagte ich. »Laßt mich gehen, und geht ihr, wohin ihr wollt.«

Sie waren einverstanden, und es war dieser Hund, der mit mir kam, als ich von Bord ging. Ich trug die Juwelen der Prinzessin in dem Bündel, das sie mir gegeben hatte, bei mir, und ich ließ sie niemals aus den Augen, so viel bedeuteten sie mir. Ich zog überall umher, doch konnte ich keine Spur von der Prinzessin entdecken, und da ich weder aß, noch mich ausruhte, war ich schließlich fast nur noch ein Schatten meiner selbst.

Ich glaube nicht, daß mich meine Geliebte, selbst wenn sie mir im hellen Mittagslicht begegnet wäre, hätte erkennen können, so dünn und faltig war ich geworden.

Schließlich dachte ich, daß ich im Haus des Statthalters hätte suchen sollen, und eines Tages betrat ich es durch den unterirdischen Abwasserkanal. Es war fürchterlich, jene stinkende Luft zu atmen, aber meine Liebe und meine Verzweiflung trieben mich voran.

Sobald ich den Harem erreicht hatte, hüllte ich mich in ein Frauengewand und begann mit meiner Suche.

Ich ging von einem kleinen Gemach zum nächsten, und schließlich hörte ich Schluchzen. Es war die Prinzessin, die auf einem Diwan saß!

Sie weinte leise.

Sofort warf ich mich in ihre Arme, und wir hielten einander umschlungen, so als könnten wir nie wieder getrennt werden.

»Was ist dir geschehen, meine Teuerste?« fragte ich sie.

Sie erzählte mir kurz, wie sich der Aufseher in sie verliebt hatte, kaum daß er sie unverschleiert gesehen hatte. All die anderen schönen Mädchen hatte er dem König schikken lassen, der danach den Befehl gab, sie den Kaufleuten zurückzugeben.

Er hatte keine Ahnung, daß sie die Prinzessin war, sperrte

sie aber in seinen Harem ein, und sie hatte keine Möglichkeit, mir eine Nachricht zukommen zu lassen.
»Da mein Vater mich unter jenen Sklavinnen nicht entdeckte, sandte er sie zurück und fuhr fort, überall nach mir zu suchen.
Seinem Hofstaat erzählte er, daß seine Tochter sehr krank sei und dem Tode nahe. Wenn ich nun nicht bald zurückkehre, wird er bekanntgeben, daß die Prinzessin gestorben ist.
So wird die Schande des Königs nicht für jeden offenbar.
Aber ich bin in großer Bedrängnis wegen der Forderungen des Statthalters. Bisher ist es mir gelungen, seinem Bett fern zu bleiben, indem ich Schmerzen und Fieber vorgab, doch wie lange noch werde ich ihn mir vom Leib halten können? Ich habe schon erwogen, mich zu töten, doch deine Ankunft gibt mir Hoffnung. So Allah will habe ich einen Plan, willst du ihn hören?«
»Sprich«, flüsterte ich, »vielleicht ist das ein Weg!«
»Geh zum Tempel des Großen Götzen!« sagte sie hastig. »Dort findest du zu seinen Füßen ein Stück schwarzen Stoff. Wenn jemand in diesem Land mittellos ist, hüllt er sich darin ein, und die Leute geben ihm Almosen.«
»Ja, ja, ich verstehe schon«, sagte ich. »Aber was dann?«
»Geh hin und setze dich dem Großen Götzen zu Füßen, und wenn die Priester drei Tage nach deinem ersten Besuch dort herauskommen, um dich fortzuschicken, dann weigere dich. Sag, daß du der Gerechtigkeit wegen da bist und daß du weißt, daß der Große Götze sie dir gewähren wird.«
»Und danach?« fragte ich befremdet.

»Bitte darum, daß die Mutter der Brahmanen zu dir kommt. Sie ist über zweihundert Jahre alt, und im Tempel sind ihre sechsunddreißig Söhne, die aus ihrem vertrauten Umgang mit den Priestern stammen. Man glaubt, daß sie beim Großen Götzen in hohem Ansehen steht. Wenn sie dann herauskommt, ergreife den Saum ihres Gewandes und sage: ›Wenn du mir nicht Gerechtigkeit von meinem Peiniger widerfahren läßt, werde ich mein Haupt hier vor dem Großen Götzen zerschmettern. Zumindest er wird mich bedauern.‹
Wenn sie dich dann nach den besonderen Umständen deines Falles fragt, so sage zu ihr: ›Große Mutter, ich bin aus dem Land Persien gekommen, um eine Pilgerreise zum Großen Götzen zu machen. Eine Zeitlang lebte ich hier mit meiner lieben Gemahlin, die bei mir war in Frieden. Sie ist jung, schön und in jeder Hinsicht entzückend. Bei uns Muslimen sagt das Gesetz, daß es rechtens ist, wenn wir jemandem, der uns eine unserer Frauen fortnimmt, dafür den Tod geben. Die Frau wird zurückgenommen, und alles ist vergeben. Nun hat mir der Hafenaufseher meine Gemahlin genommen, und ich komme zu dir, um Hilfe zu suchen.‹«
Nachdem wir das alles ausführlich durchgesprochen hatten, verließ ich sehr widerstrebend die Prinzessin und machte mich auf den Rückweg durch den schrecklichen Abwasserkanal.
Bei Tagesanbruch ging ich zum Tempel des Großen Götzen, hüllte mich in das Stück schwarzen Leinens, das dort lag und setzte mich. Während der drei Tage, in denen ich weder aß noch trank, legten großzügige Götzenanbeter mehrere Goldstücke vor mich hin.
Am vierten Tag wollten die Priester, die wie gewohnt

ihres Amtes walteten, daß ich ginge. Ich weigerte mich zu gehen, bevor ich nicht die Mutter der Brahmanen gesehen und Gerechtigkeit bekommen hätte.
Da ich nicht zum Gehen zu bewegen war, gingen sie zu der betagten Frau und berichteten ihr von mir.
Bald kam ein Brahmane und sagte zu mir: »Du magst vor der Großen Mutter erscheinen.«
Ich hüllte mich in den schwarzen Stoff und trottete hinter ihm einher, bis ich zu ihrem Gemach gelangt war.
Ich sah, daß der Große Götze hoch oben auf einem Thron war, an dem Diamanten, Rubine, Perlen und Korallen glitzerten. Über einem Stuhl, der auch wie ein Thron war, lag eine kostbare Decke. Auf dem Thron, gepolstert mit Federkissen und mit samtenen Kissen, saß die Matriarchin. Zu ihrer Rechten und ihrer Linken saßen oder standen Dutzende kleiner Jungen in dicht geschlossenen Reihen.
Sie war sehr blaß und hatte eine Haut wie Pergament, kohlschwarzes Haar und war von Kopf bis Fuß schwarz gekleidet, ohne ein einziges Schmuckstück oder eine Anstecknadel an ihrer Tracht.
Ich erzählte meine Geschichte von Anfang bis Ende, so gut ich konnte und genau so, wie die Prinzessin es mir aufgetragen hatte.
»Du hast eine gute Religion«, räumte sie ein und nickte ganz langsam mit dem Kopf, so wie eine alte Schildkröte. »Ich werde unverzüglich den Statthalter herbringen lassen und dir dein Weib zurückgeben. Alle werden zittern angesichts der Strafe, die ich über ihn verhängen werde, verlaß dich darauf! Ja, es wird tatsächlich all denen eine Lehre sein, die erwägen, solcherlei üble Dinge zu tun.«
Sie wandte sich an einen der Knaben zu ihrer Rechten und sagte: »Geh zum König und erzähle ihm, daß der Statthal-

ter einem Fremden, der zum Großen Götzen gepilgert ist, seine Frau fortnahm und daß er sie sofort aufgeben muß, ansonsten wird der Große Götze ernsthaft verstimmt sein. Niemand wird ermessen können, wenn dies nicht in Ordnung gebracht wird, welche Seuchen der Große Götze dem Volk dieses Landes bestimmen wird.« Der Knabe erhob sich und ging; die Priester bliesen allesamt auf ihren Muschelhörnern und schwenkten Hunderte von winzigen Fahnen, die an kleinen Ästen befestigt waren.

Der heilige Knabe lief zum König, und der Monarch selbst kam ihm entgegen, barfüßig, um seinen Besucher versöhnlich zu stimmen, den göttlichen Boten, von dem er noch nicht wußte, was er mit ihm, der er nur der Herrscher dieses Landes war, im Sinn hatte, denn das Wort der Großen Mutter der Brahmanen galt viel mehr als alles, was er selbst je hätte veranlassen können.

Der König, der den Zorn des Großen Götzen fürchtete, befahl, sofort einige Amtsträger zu dem auf Abwege geratenen Statthalter zu senden und sowohl ihn als auch die Frau vor ihn zu bringen.

»Ich werde diesem Verbrechen nachgehen«, sagte er zu dem heiligen Knaben, »und ihn angemessen bestrafen.«

»Ich habe meine Botschaft überbracht«, sagte der Junge, »nun trage du Sorge, daß den Weisungen der Großen Mutter gehorcht wird.«

Darauf sagten alle Edlen des Hofes, die anwesend waren: »Ja, ja, ja, ganz gewiß ist dieser Aufseher über den Hafen ein schlechter Mensch; er ist sehr unredlich, niedrig und außerordentlich unfreigiebig. Was auch immer die Mutter der Brahmanen gesagt hat, es ist völlig wahr, er ist dem Verderben anheim gegeben. Wir wissen Bescheid, wir wissen Bescheid.«

Als der König das an seinem Hof von allen Seiten zu hören bekam, sandte er unverzüglich einen seiner Edlen, mir ein Ehrengewand zu überbringen, das ich auch sogleich anlegte.

Nachdem der Tempeljunge ein Tablett mit den kostbarsten Juwelen und Stücken puren Goldes erhalten hatte, ging er, und der König konnte nach seinen Schuhen und seiner Krone schicken lassen.

Ich bekam ein Schreiben ausgehändigt, das die eigenhändige Unterschrift des Königs trug und besagte, daß ich anstelle des Übeltäters die Festung beziehen würde und als Hafenaufseher einzusetzen sei, und daß all seine Habe und seine Ländereien zu beschlagnahmen und mir zu übertragen seien.

Als ich dann zum Tempel des Großen Götzen zurückkehrte und den Brief der Mutter der Brahmanen zeigte, war sie sehr erfreut darüber.

Sodann gab sie mir an die fünfhundert bewaffnete Männer, die von ihr den Befehl erhalten hatten, zum Hafen zu ziehen, den Aufseher zu ergreifen und ihn an mich auszuliefern, auf daß ich ihn töten könne. Auch war mir gestattet, ihn jeglicher Folter, die mir in den Sinn kam, zu unterziehen, bis daß er den Tod als Erlösung herbeisehnen würde; so Furchtbares besagte dieses von dem ergrimmten König unterzeichnete Schreiben.

Dann gab sie mir Gewänder aus der Kleiderkammer des Großen Götzen und entließ mich. Ich war froh, endlich gehen zu dürfen, denn ich konnte dem Druck dieser Unterredung kaum noch standhalten, ohne übermäßig ins Schwitzen zu geraten.

Als ich am Hafen ankam, brachte man den schändlichen Verwalter vor mich. Bei meiner Ankunft waren meine

Augen rot vor Zorn, und ich zog mein Schwert und hieb dem Schurken mit einem Schlag den Kopf ab.
Nachdem ich mein Amt übernommen hatte, ging ich in den Harem, wo ich meine geliebte Prinzessin wiederfand, und wir dankten Allah für seine Güte.
Als ich von dort zurückkehrte, beförderte ich sowohl Bedienstete als auch Sklaven, gab ihnen größere Aufgaben und überreichte den älteren ebenso wie auch den jüngeren Amtsträgern Beutel voller Gold. Unter den Wachen und den Soldaten, die mich beschützt hatten, verteilte ich Gold- und Silberstücke, und jedermann huldigte mir als dem neuen Hafenmeister.
Was auch noch getan werden mußte, war, eine größere Anzahl von Bündeln mit seidenen Tüchern, Juwelen und anderen seltenen Dingen zusammenzustellen und sie der betagten Mutter der Brahmanen zu Füßen zu legen.
Als Verwalter hatte ich Zugang zum Hofe, und es gelang mir, beim König bei jedem unserer Zusammentreffen einen guten Eindruck zu hinterlassen. Wenn ich nun von der Gesellschaft des Königs zurückkam, machte ich den Dienern und Sklaven so viele Geschenke, daß sie mich für die freigiebigste Person auf der ganzen Welt hielten, und zweifelsohne mußten sie glauben, ich besäße die Schätze des Midas.
Um es kurz zu machen, ich war bald sehr glücklich in meinem neuen Amt, dazu schien mich jedermann zu lieben und meine Verwaltung zu schätzen.
Nachdem ich mich mit meiner Prinzessin vermählt hatte, fühlte ich mich, als sei ich der glücklichste Mensch auf der Welt, und ich legte mich niemals schlafen, ohne mein Schicksal zu segnen, auf daß es so bleiben möge.
Ein- oder zweimal im Monat pflegte ich zum Palast zu

gehen, und wiederholt verlieh mir der König kleinere oder auch höhere Titel, um mich bei Laune zu halten.
Schließlich ernannte mich der König zu einem seiner engsten Ratgeber, und ich stieg hoch auf in der Wertschätzung des Königs und seines Hofstaats.
Eines Tages, als ich mich gerade in den Lagerhäusern aufhielt, brachten zwei abgerissene Sklaven, angetan mit den allerschmutzigsten Lumpen und die Füße mit Schwären bedeckt, einige Kisten mit Waren von einem Schiff. Zu meiner Beschämung erkannte ich meine beiden Brüder, abermals herabgesunken auf die Stufe von Tieren.
Der Respekt vor dem Namen meiner Familie gestattete mir nicht, sie auf diese Weise weitermachen zu lassen, und so gab ich ihnen abermals neue Kleider, Häuser und Geld.
Aber diese beiden widernatürlichen Kreaturen schmiedeten abermals Pläne, die mir zugemessene Lebensspanne zu verkürzen.
Des Nachts, während der treue Hund neben meinem Bett lag, versuchten sie, mich zu erdolchen. Aber wie sie ihre Klingen aus der Scheide zogen, erwachte der Hund und bellte, worauf die Wachen hereinstürzten und sie entwaffneten.
Alle verlangten, die beiden dafür hinzurichten, daß sie versucht hatten, mich auf so verräterische Weise meines Lebensatems zu berauben, und das in einer Situation, wo doch alles, was sie besaßen, selbst die Dolche, mir gehörte.
O König, mögest du ewig leben! Ich begann, um mein Leben zu fürchten. Und so dachte ich, ich würde sie irgendwo einsperren müssen, denn es war gleichgültig, wieviel Gelegenheiten ihnen geboten wurden; sie hatten schlechtes Blut in sich, welches unglücklicherweise im-

mer wieder zum Durchbruch kam, ungeachtet der Umstände.
Hätte man sie freigelassen, sie hätten nur weiteres Unheil angerichtet. Das ist der Grund, aus dem sie in diesen Käfigen sind, obgleich es wieder und wieder an mich herangetragen wurde, sie hinzurichten, aber ich möchte nicht ihr Blut an meinen Händen haben, denn dann könnte ich für den Rest meines Lebens keine ruhige Nacht mehr verbringen.
Wirst du mich nun immer noch dafür verdammen, daß ich diesen treuen und tapferen Hund ihnen vorziehe? Das ist die wahre Geschichte meines Lebens. Mehr habe ich dazu nicht zu sagen. Meine Gemahlin wird das bestätigen, selbst wenn Ihr ihr mit dem Tode droht.«
»Nach allem, was du mir erzählt hast, kann ich verstehen, daß du dich diesem Hund zu Dank verpflichtet fühlst«, sagte ich, »aber du hast noch nicht den Grund dafür erklärt, daß du ihm ein Halsband aus den kostbarsten Rubinen angelegt hast.«
»Drei oder vier Jahre nachdem ich Statthalter geworden war und Ratgeber des Königs, sah ich, als ich durch mein Fernrohr blickte, zwei Gestalten, einen Mann und eine Frau, wie sie aus dem Wald kamen und auf dem Bergpfad nur mühsam und taumelnd vorankamen.
Ich ließ die Frau in den Harem bringen, wo sie baden und sich ausruhen konnte, und rief den Mann zu mir.
Ich sah, daß er noch recht jung war, ungefähr vierundzwanzig Jahre alt. Die Farbe seines Gesichtes war so dunkel geworden wie jene rauchgeschwärzten gußeisernen Platten, auf denen bei uns das Brot gebacken wird.
Auf seinen Schultern trug er ein etwa vierjähriges Kind, einen Jungen von großer Schönheit, dessen Augenbrauen geschwungen waren wie der Bogen eines Jägers.

Er war sehr seltsam gekleidet, und ich fragte mich, aus welchem Lande er wohl kommen mochte. Ich sagte: »O Mann, aus welcher Gegend kommst du, daß du vom Wetter so zugerichtet bist?«

»Brot, Brot!« schrie er, »ich bin ausgehungert, und ich habe keine Kraft mehr, um zu reden, bevor ich etwas gegessen habe.«

Ich ließ etwas zu essen kommen, und er machte sich darüber her; wie ein halbverhungerter Wolf verschlang er das Brot, als habe er seit vielen Tagen nichts mehr gegessen.

In der Zwischenzeit brachte ein Sklave aus dem Harem etliche Beutel, die man, wie er sagte, bei der Ehefrau des Fremden gefunden hatte. Sie waren bis zum Bersten mit wertvollen Juwelen und seltenen goldenen Wertgegenständen gefüllt.

Und ein Beutel war wertvoller als der andere.

Als der junge Mann, der das Kind zärtlich mit dem, was er vorgekaut hatte, gefüttert hatte, mit Essen und Trinken fertig war, fragte ich ihn: »Woher hast du diese Dinge?«

»Aus Aserbaidshan, meinem geliebten Heimatland«, entgegnete er und schaute recht traurig drein. »Ich habe viele Entbehrungen erduldet, seit ich in sehr zartem Alter bereits von meinen Eltern getrennt wurde, und doch ist es mir immer gelungen, dem Todesengel durch die Klauen zu schlüpfen.«

»Junger Mann«, sagte ich, »bitte berichtet mir alles ganz genau, beginnt mit dem Anfang und laßt keine Einzelheit aus.«

Er begann: »Als ich zehn Jahre alt war, nahm mich mein Vater, der als Kaufmann Hindustan, Roum, China und Europa bereiste, mit sich auf eine Reise.

Meine arme Mutter, welche um mich besorgt war, weil ich doch noch ein Kind war, versuchte meinen Vater zu überreden, mich zu Hause zu lassen, aber er wollte davon nichts hören und sagte, daß ich, je früher ich von ihrem Rockzipfel fortkäme, desto besser später in der Lage sein würde, mein eigenes Leben in die Hand zu nehmen.

»Ich werde alt«, sagte er, »und mir bleibt nicht mehr viel Zeit, um ihn die Wege der Menschen zu lehren; was kann da besser sein, als ihn mit mir auf diese Reise zu nehmen?«

Ungeachtet der Tränen meiner Mutter, meiner Großmutter und verschiedener Tanten, die alle sehr warmherzig waren, brachen wir auf.

Als wir in Hindustan ankamen, wurden die Waren für uns sehr vorteilhaft verkauft, und mein Vater war hocherfreut. Wir kauften einige seltene und wertvolle Dinge, darunter einige aus Lapislazuli geschnitzte Tiere, und machten uns auf den Weg in das Land Serbad. Auch dort waren wir überaus erfolgreich, und mein Vater kaufte mir einige wertvolle Spielsachen.

Als wir an Bord eines Schiffes waren, das uns zurück in unser eigenes Land bringen sollte, wurden wir plötzlich unter Donnern und Blitzen von einem Sturm schrecklichen Ausmaßes überrascht.

Ein fürchterlicher Sturmwind kam auf, und er zerfetzte das starke Segel des Schiffes gänzlich.

Es begann zu regnen, als ob es eine zweite Sintflut wäre, und das massive Ruder des Schiffes wurde wie dünnes Brennholz zertrümmert.

Zehn Tage lang wurde das Schiff von Wind und Wellen wie ein Stück Kork auf dem Ozean dahingetrieben. Der

Kapitän war machtlos, und sein Oberbootsmann raufte sich vor Verzweiflung die Haare, als das Schiff abermals erbebte und auf die schrecklichen Felsen zutrieb.
Ich weiß nicht, was mit meinem Vater geschah, mit den Dienern oder den Waren. Mich selbst fand ich auf einer Holzplanke wieder, auf der ich wie Strandgut im Meer trieb. Tagelang hielt ich mich, um nicht in die bodenlosen Tiefen gespült zu werden, an dieses Stück Holz geklammert.
Schließlich wurde meine Planke an irgendeinem fremden Strand angespült. Irgendwie gelang es mir, aufzustehen. Aber als ich versuchte, einige Schritte zu gehen, versagten meine Beine den Dienst, und es dauerte seine Zeit, ehe ich wieder auf den Beinen stand und mich umsehen konnte. In der Nähe entdeckte ich Felder, auf denen Leute arbeiteten, die irgendeine Getreideart ernteten. Aber weder konnte ich mich verständlich machen, noch konnte ich verstehen, was sie sagten. Ich las einige Ähren vom Boden auf und röstete die Körner in einem ihrer Feuer, und sie gaben mir etwas zu trinken. Ich war noch immer sehr erschöpft, und so legte ich mich in einer Ecke des Feldes nieder und schlief.
Als ich erwachte, gab mir einer der Bauern einen Beutel mit irgend etwas zu essen darin, und ich machte mich auf den Weg, ging die Straße entlang und wußte nicht wohin. Nur daß ich weitergehen mußte, wußte ich.
Nach vier Tagen, als ich die Nahrung im Beutel aufgebraucht hatte, kam ich an eine hohe Stadtmauer.
Ein großes Tor stand offen, und ich ging hindurch.
Innerhalb der Stadtmauern herrschte buntes Treiben und viel Geschäftigkeit. Auf der Straße wandte ich mich an einen Mann und fragte nach Arbeit. Als er sah, daß ich vor

Hunger ganz schwach war, nahm er mich mit in einen Raum, wo er mir reichlich zu essen gab.
»Welche Art Arbeit wird er mir geben?« fragte ich mich, denn er war etwas nach Art der Europäer gekleidet.
Ich sollte es bald herausfinden. Er fragte mich nach meiner Geschichte, und nachdem ich sie erzählt hatte, reichte er mir einen Spaten, ein Sieb und einen Lederbeutel. Er brachte mich zu einem Hügel aus schwarzer Erde und hieß mich graben.
»Alles, was du ausgräbst, siebst du durch, und wenn du dabei etwas findest, tust du es in diesen Beutel.«
Ich nickte und machte mich an die Arbeit.
Ich tat, wie er mir befohlen hatte, und stellte fest, daß das, was nach dem Sieben der schwarzen Erde übrigblieb, alle Arten kostbarer Steine waren. Ob ihrer Schönheit gingen mir die Augen über, ihr Wert war unvorstellbar.
Als ich den Beutel bis zum Rand gefüllt hatte, brachte ich ihn zu dem Mann, der mich in seine Dienste genommen hatte.
»Was immer in dem Beutel ist, behalte es!« sagte er zu meiner großen Überraschung. »Es ist nicht gut für dich, wenn du länger hierbleibst, mach dich sofort von dannen!«
»Euer Ehren«, stammelte ich, »Ihr gebt mir all diese Juwelen, und ich soll sie behalten? Warum? Welcher merkwürdige Grund steckt dahinter? Und von welchem Nutzen sind sie für mich? Soll ich die Juwelen etwa essen, wenn ich nichts Eßbares finde?«
»Oh, armer junger Mann, wie ich dich bedaure«, sagte er, »denn genau wie ich stammst auch du aus dem Land Persien, wie ich an deiner Aussprache erkenne. Solltest du jedoch entschlossen sein, in dieser Stadt zu bleiben, dann

nimm meinen Ring hier und geh zum Marktplatz. Dort wirst du meinen älteren Bruder finden, der in der Mitte des Platzes sitzt, gib ihm diesen Ring, und er wird sich gut um dich kümmern.
Merke dir gut, was mein weiser und betagter Bruder sagt, denn wenn du nicht darauf hörst, wirst du zweifellos dein Leben verlieren. Glaub mir, ich weiß, wovon ich rede.«
Ich dankte dem Mann aufrichtig und machte mich auf in die Richtung, die er mir angegeben hatte.
Schließlich entdeckte ich die Person, die er mir beschrieben hatte, auf einem Stuhl sitzend. Auf dem Tisch vor ihm lag als Zeichen seiner Autorität ein Amtsstab, besetzt mit kostbaren Steinen. Ich näherte mich ihm ehrerbietig und zeigte ihm den Ring. Als er ihn sah, wurde er ärgerlich.
»Hat dich mein Bruder nicht gewarnt?« war alles, was er sagte.
»Doch«, erwiderte ich, »aber ich habe nicht darauf gehört. Es gibt immer Warner in diesem Leben, aber es ist ihr Los, oft von Narren mißachtet zu werden!«
Der alte Mann mit dem Juwelenstab nickte ingrimmig.
»Wie lautet deine Geschichte, wie ist dein Werdegang?« fragte er.
Ich erzählte ihm meine Abenteuer von Anfang bis Ende, ohne eine Einzelheit auszulassen.
Danach stand er auf, ging und nahm mich mit zu sich in sein Haus. Ein Diener folgte mit dem Amtsstab.
An dem Haus konnte ich ersehen, daß er wohlhabend und bedeutend sein mußte, denn das Gebäude war ein stattlicher Palast, umgeben von schönen Gärten.
Als wir im innersten Gemach waren, sagte er zu mir: »Daß du in diese Stadt gekommen bist, ist die allergrößte Torheit. Ich weiß nicht, wie du lebendigen Leibes von hier

fortkommen kannst, du hast dir tatsächlich dein eigenes Grab geschaufelt.«

»Ich habe dir meine Lebensgeschichte bereits erzählt«, erwiderte ich. »Da mich das Schicksal hierhergebracht hat, muß ich ja wohl notwendigerweise hierbleiben; aber bitte, erzähle mir, warum ich möglicherweise mit meinem Leben spiele.«

»Wir haben einen ungewöhnlichen Brauch hier, daß alle, die in die Stadt kommen, zu einem Götzen gebracht werden, aus dessen Bauch heraus ein Dämon dem König über jeden ankommenden Besucher berichtet. Der König zwingt jeden Fremden, gleich welchen Glaubens oder welcher Herkunft er ist, sich vor dem Götzen niederzuwerfen. Wenn derjenige in der Pagode flach vor ihm auf den Boden fällt, ist alles gut. Wenn er sich aber weigert, weil er einen Abscheu davor hat, so zu tun, werfen sie den armen Kerl in den Fluß. Sollte er dabei durch irgendeinen Zufall mit dem Leben davonkommen, so streckt man ihm seine empfindlichsten Teile bis zu einem unerträglichen Ausmaß. Dies ist ein Zauber, welcher auf dieser Stadt lastet. Wegen deiner Jugend und deines guten Aussehens fühle ich Mitleid mit dir, vielleicht kann ich dich zumindest einige Tage davor bewahren, in diese Lage zu geraten.«

»Wie soll ich gerettet werden können?« wollte ich wissen, denn mittlerweile fing ich an, mich recht unbehaglich zu fühlen.

»Ich werde dich mit der Tochter des Wesirs verheiraten«, antwortete er.

»Der Wesir einer so großen Stadt wie dieser hier wird seine Tochter niemals jemandem geben, der so mittellos und unglücklich ist wie ich«, wandte ich ein. »Ist es denn notwendig, daß ich seinen Glauben annehme? Denn dies werde ich niemals tun.«

»Nein, nein, so schlimm steht es nicht«, sagte er, »es ist Brauch in dieser Stadt, daß der Wesir jedem, wer immer es auch sein mag, der sich vor dem Götzen in der Pagode niederwirft und um die Hand seiner Tochter bittet, sie geben muß.

Nun, ich stehe dem Herrscher recht nahe, und er achtet mich, wie ich sagen kann.

Jede Woche findet eine Art ritueller Besuch in der Pagode statt, wobei es nach dem Rang der Edlen und der Würdenträger geht. Ich werde dorthin gehen und dich mitnehmen.«

Nun, da unsere Unterredung beendet war, hieß er mich am reich gedeckten Tisch Platz nehmen und empfahl sich.

Als ich in dieser Nacht zu Bett ging, hatte ich etwas von meinem früheren guten Mut wiedergewonnen.

Am Morgen gingen wir zur Pagode. Ich sah Hunderte von Menschen, die sich vor dem Götzen drängten, sich verbeugten und niederknieten.

In der vordersten Reihe waren der König und die Edlen, gekleidet in prächtige Gewänder; dahinter standen die unverheirateten Mädchen und Jünglinge, und vor ihnen kauerten wunderschöne Kinder jeden Alters.

Der alte Mann flüsterte mir zu: »Mach jetzt, was ich dir sage!«

»Das werde ich gewiß tun«, antwortete ich.

»Küß des Königs Hände und Füße, dann fasse nach dem Saum von des Wesirs Gewand!« Und so tat ich.

»Wer ist dieser und was will er?« fragte der König.

»Er ist ein Verwandter von mir aus einem entfernten Land, und er ist viele Tage gereist, um der großen Ehre willen, Eure Füße küssen zu dürfen und in der Hoffnung, daß ihn der Wesir mit Erlaubnis des Großen Götzen in den Dienst am Hofe des Pfauen der Welt nehmen wird.«

»Wenn er unseren Glauben annimmt«, sagte der König, »so wird das vorteilhaft für ihn sein.«

Ein wunderschön bestickter Umhang wurde mir über die Schultern geworfen, um den Hals legten sie mir einen Strick und zerrten mich vor den Götzen, damit ich mich vor ihm niederwerfen möge. Als ich dort lag, kam eine drohende Stimme wie vom Jüngsten Gericht aus dem Bauch des Götzen, und ich zitterte, als ich sie hörte: »Du hast recht daran getan, o Jüngling von weither, in meinen Dienst zu treten. Du kannst auf meine Gnade und auf meine Gunst bauen.« Man zerrte mich wieder hoch, und all die Menschen um mich herum warfen sich zu Boden, so daß sie auf dem Gesicht zu liegen kamen, und stießen Klagelaute aus, die wie das Brausen des Meeres klangen, wenn es vom Sturm gepeitscht wird. Einige von ihnen wälzten sich mit Schaum vor dem Mund auf dem Boden umher und schrien alle wie mit einer Stimme: »So sei es! So sei es! Mögest du lange leben, o Jüngling aus der Fremde!«

Bald darauf ließ man mich einen Blick auf die Tochter des Wesirs werfen, während sie im Garten spazierenging, und sofort ergriff mich Verlangen nach ihr. Ich konnte die Hochzeit kaum erwarten, und binnen drei Tagen war ich mit dem zarten Geschöpf verheiratet. Sie war vollkommen, von Kopf bis Fuß, und mir ebenso zugetan wie ich ihr. Wir schwelgten in unserem Zusammensein und umfingen einander mit Freuden, sooft wir nur konnten. Aber, welch Unstern kam über meine vollkommene Ehe!

Nach zwei Jahren starb sie bei der Niederkunft und ließ mich gebrochenen Herzens zurück.
Ich lief in tiefster Melancholie umher, als mich jemand an der Schulter berührte. Ich wandte mich um und erkannte den Perser, der damals meine Vermählung in die Wege geleitet hatte.
»Warum weinst du?« fragte er bedächtig.
»Weißt du noch nicht, daß ich gerade meine Gemahlin auf äußerst tragische Weise verlor – sie und unser Kind sind erst seit wenigen Stunden tot.«
»Du wirst all deinen Mut brauchen«, sagte er, »denn alsbald wirst du die schrecklichen Bräuche dieser Stadt zu spüren bekommen.«
Kaum hatte er fertig gesprochen, als die Leute mich ergriffen und auch den Körper meiner Frau abholten und uns zur Pagode brachten. Dort verkauften sie jede Kleinigkeit, die die arme Frau besessen hatte, und für das Geld erwarben sie Edelsteine. Alsdann füllten sie eine Truhe mit Brot, Zuckerwerk, grünen Früchten und getrockneten Weintrauben; in eine andere Truhe legten sie den Leichnam meiner Gemahlin und luden beides auf ein Kamel. Mich setzten sie oben drauf und legten mir die Schatulle mit den kostbaren Steinen in den Schoß.
Alle Priester gingen singend und ihre großen Hörner blasend voran, und eine große Menschenmenge folgte uns. Auf diese Weise wurde ich aus der Stadt geführt. Der erste Mann, welcher mich davor gewarnt hatte, die Stadt zu betreten, sah mich mit kummervollen Augen an, als ich herauskam: »Du wolltest weder auf mich, noch auf meinen Bruder hören«, sagte er. »Nun mußt du für dein Bleiben in der Stadt bezahlen.«

Sie brachten mich zu einer Festung und trugen beide Truhen hinein. Ein Priester aus der Pagode war mit heraufgekommen und sprach zu mir: »Der Mensch wird geboren, um zu sterben. Du bleibst hier. Wir haben dir eine Truhe mit Nahrung für vierzig Tage gegeben. Nimm sie und warte, bis der Große Götze dir möglicherweise gnädig gestimmt ist.«
Ich war schon drauf und dran zu sagen, daß sie alle mitsamt ihrem Großen Götzen und all dem, was damit zusammenhing, meinethalben zum Teufel gehen könnten, da flüsterte mir der Mann aus Persien zu: »Sei vorsichtig, sage nichts, oder sie rösten dich wie ein Schaf am Spieß! Vertraue jetzt auf Allahs Gnade. Er wird dich retten, wenn die Zeit gekommen ist!«
Die Tür zur Festung wurde krachend zugeschlagen, und ich war allein.
Als die vierzig Tage vergangen waren und ich nicht mehr wußte, wo ich Nahrung hernehmen sollte, da brachte man einen sehr schwächlichen alten Mann mit seinem toten Weib und seiner Truhe mit Nahrung in die Festung. Ich muß gestehen, daß ich nur darauf wartete, bis der Alte gestorben war, um mich dann von seinen Vorräten einen weiteren Monat zu ernähren. Auf diese Weise überlebte ich viel länger, als wenn ich besonders wählerisch gewesen wäre. Kurz gesagt, ich wurde völlig zum Barbaren. Nach einiger Zeit kam ein schönes Mädchen mit einem Leichnam in die Festung, und ich brachte es nicht übers Herz, ihre Vorräte zu stehlen. Sie fiel vor Furcht in Ohnmacht, als sie sah, daß ich wie ein Wolf auf Nahrung lauerte. Aber sie war so gutherzig wie sie schön war, und als sie erkannte, daß ich am Verhungern war, teilte sie ihre Nahrung mit mir.

Sie war froh, daß ich nicht versuchte, sie zu belästigen, und wir freundeten uns an. Jedesmal, wenn jemand starb, teilten wir uns die Vorräte, die die Angehörigen dem Leichnam beigegeben hatten.
Eines Tages fragte ich sie nach ihrer Geschichte, und sie erzählte sie mir von Anfang bis Ende:
»Ich bin die Tochter des obersten Ministers des Königs«, begann sie, »und vor vielen Jahren, als wir noch Kinder waren, wurde ich mit dem Sohn meines Onkels verlobt.
Als ich schließlich das heiratsfähige Alter erreicht hatte, wurden wir vermählt, und ich sah einem langen, segensreichen Leben entgegen. Unglücklicherweise wurde mein junger Mann in der Hochzeitsnacht plötzlich krank und starb, bevor ich seine Liebkosungen hätte kennenlernen können. Sobald er tot war, schickten sie mich hierher; das ist alles.«
»Allah hat dich zu meiner Rettung hergeschickt«, sagte ich leidenschaftlich. Ohne sie wäre das Leben unerträglich gewesen, denn sie stimmte mich froh – zumindest so froh, wie man unter solchen Umständen eben sein konnte –, indem sie mit mir sprach und mir kleine Dienste erwies.
Auf diese Weise wurden wir mehr und mehr vertraut miteinander, bis ich sie schließlich die Grundsätze meiner Religion lehrte. Sie bat mich, sie zu bekehren und zum Weibe zu nehmen. Das tat ich alsdann und vollzog selbst die Hochzeitszeremonie. Beinahe drei Jahre vergingen, und wir hatten ein Kind. Ich fragte mich, wie wir aus der Festung entkommen und in Freiheit würden leben können. Eines Nachts hatte ich ein Traumbild. Jemand sprach mit donnernder Stimme zu mir: ›Es gibt da eine Stelle, an

der man durch das Kanalisationsrohr hinausgelangen kann. Mach dich daran, diese Stelle zu vergrößern!‹ Als ich erwachte, begann ich, alle Nägel und Metallstückchen aufzusammeln, die ich nur finden konnte. Tag um Tag arbeitete ich daran, die Öffnung für das Abflußrohr zu vergrößern, und endlich, nachdem eine Ewigkeit vergangen zu sein schien, war sie groß genug, so daß wir hindurchschlüpfen konnten. Zu dem Zeitpunkt waren wir drei die einzigen, die in diesem Gefängnis am Leben geblieben waren.

Ich nahm die wertvollsten von den Edelsteinen und steckte sie in die abgetrennten Ärmel eines Gewandes, das einem der Toten gehört hatte, und schließlich entkamen wir in das helle Licht des Tages.

Wir sprachen glühende Dankgebete für unsere Errettung, dann setzte ich den Knaben auf meine Schultern und führte meine Gemahlin bei der Hand.

Es ist nun einen Monat her, daß wir entkamen, und noch immer können wir es kaum fassen, daß wir jenen grausigen Ort hinter uns gelassen haben. Wenn wir nichts anderes finden konnten, ernährten wir uns von den Beeren und Früchten der Berge und von Blättern und von den Körnern der Felder.

Ich habe nicht die Kraft, noch ein einziges Wort mehr hinzuzufügen; ich bitte Euch, erlaubt mir, mich zurückzuziehen.«

Ich fühlte Mitleid mit ihm und sorgte dafür, daß er gebadet wurde, und ließ ihn in die feinsten Gewänder aus besten Stoffen kleiden. Ich gab ihm Ehrentitel und machte ihn zu meinem Stellvertreter.

Ich selbst war sehr unglücklich; die Prinzessin hatte mir mehrere Kinder geschenkt, aber sie waren eines nach dem

anderen gestorben, und es gelang mir auch nicht, den Grund für dieses Sterben herauszufinden.
Mittlerweile hatte ich genug von jenem Land und beschloß, nach Persien zurückzukehren, bevor ich an Trübsinn zugrunde ging. Ich bat den König um seine Erlaubnis, zu gehen und erwirkte, daß das Amt des Statthalters dem jungen Mann übertragen wurde, von dem ich eben erzählt habe. Alsbald starb der König. Ich nahm all meine Juwelen und meinen treuen Hund und ging nach Nishapur, weil niemand die Geschichte von meinen Brüdern kennen sollte. Dort bin ich jetzt als Hundeanbeter bekannt und zahle doppelte Steuern in die Staatskasse.
Es geschah dann, daß dieser junge Kaufmann nach Nishapur kam, und er ist die Ursache, daß ich zu der Ehre kam, die Füße Eurer Majestät zu küssen.«
Überrascht fragte ich: »Dann ist dieser junge Mann nicht dein eigener Sohn?«
»Nein, das ist er nicht, ruhmreicher König«, antwortete er. »Er ist ein Untertan Eurer Majestät. Er ist jetzt mein Erbe, und ich werde ihm all meine Güter hinterlassen, wenn ich sterbe.«
Ich wandte mich sodann an den jungen Kaufmann und fragte: »Welches Kaufmanns Sohn bist du und wo lebt dein Vater?«
Woraufhin zu meinem Erstaunen der Jüngling den Boden vor mir küßte und sprach: »Ich bin die Tochter des Wesirs Eurer Majestät, und mein Vater fiel in königliche Ungnade wegen der Geschichte mit dem Rubinhalsband, das in der Stadt Nishapur von einem Hund getragen werden soll.
Ich verkleidete mich und machte mich mit dem Mann meiner Amme als Beschützer und Führer auf den Weg in

jene Stadt, um den Namen meines Vaters reinzuwaschen. Hier sind der Kaufmann, der Hund und das Rubinhalsband; und so bitte ich Eure Majestät, gebt meinem armen Vater die Freiheit zurück.«

Als der alte Kaufmann diese Erklärung hörte, fiel er vor Kummer in Ohnmacht und kam erst wieder zu sich, als man sein Gesicht mit Rosenwasser besprengte.

»Weh mir, daß ich einen Sohn gefunden zu haben glaubte, der so vollkommen schien, als wenn Allah ihn mir gesandt hätte, nur um ihn wieder zu verlieren! Nun werden mein Name und mein Geschlecht aussterben, denn ich habe keinen Sohn, der den Namen meiner Familie weiterführt.«

Um ihn zu trösten, flüsterte ich ihm ins Ohr: »Gräme dich nicht, denn ich werde sie dir zur Frau geben, und du wirst Kinder haben von solch einem tapferen jungen Weib. Du bist noch im besten Mannesalter, verzweifle nicht, Allah wird dir eine Familie schenken, wenn es Ihm gefällt.«

Ich befahl dann, den Wesir aus dem Gefängnis zu holen und zahlte ihm die volle Wiedergutmachungssumme. Seine schöne Tochter sandte ich in den Harem, damit sie als Braut gekleidet würde, und sie war entzückt, dem hochgewachsenen, vornehmen, silberhaarigen Kaufmann, welchen sie nun nicht länger als einen Vater betrachtete, mit prunkvollen Feierlichkeiten zur Frau gegeben zu werden.

Innerhalb weniger Jahre entsprangen dieser Verbindung, die eine Heirat aus tiefer Liebe war, zwei Söhne und eine Tochter. Der älteste Sohn ist inzwischen selbst Wesir, und der jüngste ist Oberhaushofmeister meines Haushaltes. O Derwische, ich habe euch diese Abenteuer erzählt, da ich in der letzten Nacht die Geschichten von zweien von euch gehört habe. Nun, ihr zwei, die ihr noch übrig seid, tut so, als wäre ich noch immer dort, wo ich letzte Nacht war und betrachtet mich als euren Diener und mein Haus als euer Kloster. Ich bitte euch, eure Geschichten ohne Furcht zu erzählen, und bleibt wenigstens einige Tage als meine Ehrengäste hier.«

Als die Derwische erkannten, daß der König ihnen wahrhaft freundschaftlich gesonnen war, sprachen sie: »Leihe uns dein Ohr, und wir werden dir alles erzählen, was du zu wissen begehrst.«

Die Abenteuer des dritten Derwischs

Der dritte Derwisch schlang die Arme um seine Knie und begann seine Erzählung:
»Ich wurde als ein Prinz in Persien geboren. Mein Vater war ein sehr beliebter König und hatte außer mir keine anderen Kinder. Als ich jung war, pflegte ich Backgammon und Schach zu spielen und jagte mit meinen Gefährten nach Herzenslust.
Eines Tages hatten wir uns weit vom Palast entfernt und kamen zu einem sehr schönen Fleckchen Erde. So weit das Auge reichte, sah man Bäume und blühende Büsche; Quellen sprangen aus den Felsen, und das saftige hohe Gras war smaragdgrün.
Wir stiegen von unseren Pferden, gingen zu Fuß weiter und erfreuten uns am Gesang der Vögel und am Duft der Blumen. Plötzlich sahen wir ein zierliches schwarzes Reh, das vom Hals bis zu den Lenden mit einem Brokattuch bedeckt war und ein mit kostbaren Steinen besetztes Halsband trug.
Um den Hals trug es eine stählerne Glocke, damasziert mit feinstem Gold; und furchtlos graste es wenige Schritte von uns entfernt, ohne den Kopf auch nur ein einziges Mal zu heben. Plötzlich schreckte es hoch, schaute uns mit seinen schönen, braunen Augen an, Augen mit langen Wimpern, gleich einer Jungfrau aus Schiras, und sprang davon.
Die Freude beim Anblick eines so schönen Geschöpfes überwältigte mich, und ich wollte es lebendig fangen. »Bleibt, wo ihr seid«, flüsterte ich meinen Freunden zu,

»ich werde mich anschleichen! Folgt mir nicht, ich will, daß es mir allein gelingt!«

Ich sprang auf mein Pferd und folgte dem schwarzen Reh, das nun aber leichtfüßig und schnell über die Ebene davoneilte.

Bald sprang es und flog so rasch wie der Wind dahin. Ich konnte es nicht einholen, denn so schnell ich auch ritt, das Reh war viel schneller.

Der Nacken meines Pferdes dampfte vor Schweiß, und sein Maul war schaumbedeckt, so hart trieb ich es an.

Aber das Reh war immer noch vor uns.

Die Nacht brach herein, und ich wußte nicht, wo ich war. Dennoch dachte ich nicht daran, zurückzukehren. Ich mußte gewinnen! Schließlich war es doch nur ein Reh, sagte ich zu mir selbst. Da es aussichtslos schien, es lebendig zu fangen, griff ich nach Pfeil und Bogen und schoß nach ihm.

Der Pfeil traf das Reh in den Lauf, und lahmend floh es auf den Fuß eines Berges zu. Vom Jagdfieber gepackt, stieg ich aus dem Sattel und folgte ihm zu Fuß. Alsbald konnte ich eine Kuppel erkennen. Als ich näher kam, erkannte ich im verblassenden Licht des Tages einen wunderschönen Garten mit einer Quelle. Das Reh war verschwunden. Da ich durstig und staubbedeckt war, wusch ich mein Gesicht in der Quelle und trank in tiefen Zügen von dem kühlen Wasser.

Plötzlich hörte ich ein Weinen.

»O Kind«, rief eine Stimme, »möge der Pfeil meiner Trauer im Herzen jenes stecken, welcher diesen Pfeil auf dich abschoß! Sollte er dich getötet haben, so möge Gott ihn büßen lassen.«

Ich schaute durch die Tür hinein und sah einen dünnen,

bleichen, weißbärtigen alten Mann, der meinen Pfeil aus dem Lauf des schwarzen Rehes zog.

»Ich wußte nicht, daß das Reh zu Euch gehört, mein Herr«, sagte ich und senkte mein Haupt. »Es tut mir leid, auf das Reh geschossen zu haben, aber es geschah in der Hitze des Augenblicks; ich liebe die Jagd über alles.«

»Du hast ein stummes Tier verletzt, welches dir nichts getan hat«, erwiderte er ärgerlich, »aber wenn du dieses Verbrechen nur aus Unwissenheit begangen hast, möge Allah dir vergeben!«

Ich setzte mich neben ihn und tat, was ich konnte, um ihm bei der Operation zu helfen. Wir hatten große Schwierigkeiten, den Pfeil herauszuziehen; danach bestrich der alte Mann die Wunde mit einer lindernden und heilenden Salbe.

Wir wuschen uns die Hände, dann aßen wir zusammen; der alte Mann reichte mir eine Schale mit Essen. Nachdem ich gegessen und getrunken hatte, legte ich mich nieder und schlief.

Mitten in der Nacht erwachte ich aus einem unruhigen Traum und blickte im Zimmer umher.

Ich war aber völlig allein. Weder von dem weißbärtigen Mann noch von dem sanften schwarzen Reh noch von sonst jemand war etwas zu sehen.

Ich sprang auf und schaute in diesem Gemach überall nach. Irgend etwas war an diesem Ort seltsam. Was mochte es sein?

In einer Ecke entdeckte ich einen Vorhang, der ganz offensichtlich irgend etwas verbarg.

Ich ging hin und zog ihn beiseite.

Ein Thron stand dort, auf dem eine edle Frau saß, die so schön war wie der Mond in seiner vierzehnten Nacht.

Volle und leicht gekräuselte Locken von tiefschwarzer Farbe rahmten ihr Gesicht ein.
Sie lächelte und hielt den Kopf auf bezaubernde Weise leicht geneigt.
Zu ihren Füßen saß der weißbärtige Mann und weinte bitterlich.
Ich konnte diesen überraschenden Anblick nicht verstehen, und als ich die Vollkommenheit des Antlitzes und der Gestalt der edlen Frau erblickte, schwanden mir die Sinne, und ich fiel zu Boden. Der alte Mann besprengte mein Gesicht mit Wasser und brachte mich nach wenigen Augenblicken zum Bewußtsein zurück. Ich erhob mich, kniete vor diesem engelsgleichen Geschöpf nieder und wünschte ihr Frieden. Aber sie gab weder eine Antwort noch ließ sie auf irgendeine Weise erkennen, daß sie mich an diesem Ort gesehen hatte. Ihre traumhaft schönen Augen waren abgewandt und schauten weit in die Ferne.
»O liebliches, engelhaftes Wesen«, stammelte ich, »welchen Glaubens bist du, daß du nicht den Friedensgruß erwiderst? Warum bist du so stolz?«
Auf diese Weise sprach ich eine Weile zu ihr, halb im Scherz und halb im Ernst; sie antwortete jedoch noch immer nicht. Sie saß da wie eine Statue aus Alabaster.
Ich legte meine Hand auf ihre Füße. Sie fühlten sich ganz kalt an, als wenn sie aus Stein gemeißelt wären.
Bekümmert zog ich mich zurück, als ich erkannte, daß diese liebliche Dame tatsächlich eine Statue war.
»Ich habe dein Reh mit einem Pfeil getroffen, du aber hast mein Herz mit dem Pfeil der Liebe getroffen, der niemals mehr herausgezogen werden kann! Sage mir, Herr, warum hast du dieses Bildnis gemacht, und warum hast

du die Welt der Menschen verlassen und lebst hier an diesem einsamen Ort?«
»O Sohn«, erwiderte er, »möge der Allmächtige jedermann vor dem Feuer der Liebe, welches niemals erlöscht, bewahren. Erinnerst du dich an die Geschichte von Madjnun, dem verrückten Liebenden? Was soll es dir da nutzen, wenn du meine Geschichte hörst?«
»Erzähle mir deine Geschichte«, bat ich ihn freundlich.
Ich hatte das Gefühl, daß es dem alten Mann, der in solch einer verlassenen Gegend war, helfen würde, mit einem menschlichen Wesen zu sprechen.
»Mein Name ist Niman Saiyah. Einst war ich ein großer Kaufmann und hatte alle Länder mit Ausnahme der Insel der Franken bereist.
Daher beschloß ich, mit einigen Freunden dorthin zu reisen. Schließlich waren wir dort angekommen. Überall standen prächtige Bauwerke, welche sicherlich unübertroffen in der Welt sind.
Die Basare und Straßen waren außerordentlich schön gepflastert, und Trinkwasser für jedermann sprudelte aus öffentlichen Brunnen.
Des Abends waren die Straßen erleuchtet, und außerhalb der Stadt lagen entzückende Gärten, voller seltener Blumen und Sträucher, Gärten, so groß, wie die uns im Paradies verheißenen.
Als wir ankamen, fragten sie: »Wer ist euer Anführer?« Ich wurde als Anführer gewählt, worauf ein Höfling zu mir sagte: »Die Prinzessin hat davon gehört, daß ihr aus einem weit entfernten Land gekommen seid und möchte einen Blick auf eure Handelsware werfen. So nimm von eurer Ware das für Adlige von hohem Rang Geeignete und komme zu ihrem Haus!«

»Ich bin eigentlich sehr müde«, entgegnete ich, »so bitte ich dich, laß mich deiner Herrin morgen meine Aufwartung machen, wenn ich mich ausgeruht habe. Ich könnte sonst in ihrer Gegenwart verwirrt sein und meine Preise vergessen oder ähnliches.«

Am folgenden Tag rief ich all meine Kaufleute zusammen, und wir gingen zum Eingang des Serails.

Der Türwächter meldete meine Ankunft, und ich allein ging mit den besten Stücken unserer Ware hinein.

Drinnen kam es mir wie in einem Bild aus dem Feenland vor.

Wohin ich auch sah, überall erblickte ich die schönsten Frauen, einige in langen Gewändern, andere mit kurzen Kleidern, und alle glichen Feen, die man ihrer Flügel beraubt hatte.

Schließlich war ich in der königlichen Gegenwart, und meine Beine schlotterten, als ich meine Waren vor der Prinzessin ausbreitete.

Die allerschönsten Mädchen und Frauen jeglicher Größe und jeglichen Aussehens standen dort, einzeln und in Gruppen.

Die Prinzessin wählte einiges, was ihr von den Juwelen und den seidenen Stoffen gefiel, aus und gab es ihrer obersten Dienerin, wobei sie diese anwies, mir den Preis am nächsten Tag auszuhändigen.

Ich war erfreut, daß ich am nächsten Tag nochmals hierher kommen durfte, und unter Verbeugungen ging ich hinaus.

Die Nacht verbrachte ich damit, mich hin- und herzuwälzen, und mir schien, daß ich die sinnlichsten Träume hatte, die jemals einen Mann von Anbruch der Dunkelheit bis zu den ersten Sonnenstrahlen beunruhigt hatten.

Des Morgens ging ich, sobald ich angekleidet war, abermals zu der Prinzessin, um ihr meine Aufwartung zu machen; ich mußte lange warten, da ich viel zu früh gekommen war, um sie zu sehen.
Schließlich wurde ich jedoch vorgelassen, und die Prinzessin sandte alle anderen fort, um sich mit mir allein zu unterhalten.
»Du sollst gut entlohnt werden«, sagte sie mit klarer Stimme, »wenn du bereit bist, zu tun, worum ich dich bitte.«
Ich antwortete: »Prinzessin, mein Leben und meine Güter stehen zu Eurer Verfügung; ich werde alles für Euch tun, was in meinen Kräften steht. Selbst wenn es mein Leben wäre, ich würde es für Euch lassen.«
Als die Prinzessin diese Worte hörte, blickte sie mir ins Gesicht, um sich zu vergewissern, dann rief sie nach Schreibzeug und schrieb einige Zeilen.
Sie steckte die Mitteilung in eine kleine, perlenbesetzte Tasche und hüllte sie in ein seidenes Taschentuch.
Dieses Päckchen händigte sie mir aus. Ebenso reichte sie mir einen Ring, den sie von ihrem Finger zog, und sprach: »Am anderen Ende der Stadt liegt ein weitläufiger Garten, der ›Der Garten des Glücklichen Herzens‹ genannt wird. Gehe dorthin. Jemand namens Kaikhusru ist der Oberaufseher jenes Ortes. Ihm gib diesen Ring von meinem Finger und überbringe ihm meine Segenswünsche. Gib ihm diesen Brief und bitte ihn um eine Antwort! Kehre schnell zurück, und du wirst sehen, welche Belohnung ich dir für diesen unbedeutenden Dienst zukommen lassen werde.«
Ich ging zu dem Ort, den sie mir beschrieben hatte.
Am Tor zum Garten wurde ich von einem bewaffneten

Mann ergriffen und vor einen anderen gebracht, der in ein Kettenhemd und stählernen Brustschutz gekleidet war und fünfzig Bogenschützen befehligte.
Ich entbot ihm meine Salams[1] und berichtete ihm von meinem Auftrag, zeigte ihm auch den Ring, den mir die Prinzessin gegeben hatte.
Er seufzte, verdrehte die Augen zum Himmel und sagte dann: »Ja, überbringe diese Nachricht! Geh mit diesem Soldaten in den Garten und gib den Brief dem Mann, der dort in einem Käfig eingesperrt in jenem hohen Baum hängt!«
Ich war ziemlich verblüfft, ging aber weiter, bis ich zu dem Baum kam, auf dem der Käfig hing. Inmitten all der Blumen, sprudelnden Quellen und duftenden Blüten war solch ein Anblick sehr unpassend. Ein stattlicher junger Mann in einem Käfig aus Eisen! Ich grüßte ihn und reichte ihm das Papier, das die Herrin geschrieben hatte, durch die Gitterstäbe. Die Vögel zwitscherten in den Ästen des Baumes, und die Quellen machten den Ort kühl und überaus angenehm.
Der junge Mann öffnete den Brief, las ihn begierig und erkundigte sich sichtlich bewegt nach dem Wohlergehen der Prinzessin.
Kaum, daß ich begonnen hatte, davon zu sprechen, wie es ihr ging, tauchte eine ganze Armee Abessinier auf und griff mich von allen Seiten an. Ich konnte nichts zu meiner Verteidigung unternehmen, da ich nicht einmal einen Dolch in meinem Gürtel trug, und so wurde ich schwer verwundet. Durch den Schock dieses Angriffs verlor ich mein Bewußtsein und kam erst wieder zu mir, als ich

1 Salām: Gruß bei den Muslimen

spürte, daß mich jemand auf den Schultern trug. Zwei Soldaten sprachen miteinander. Einer sagte: »Laß uns diesen Leichnam auf die Ebene werfen, die Krähen und Geier werden sich bald für ihn interessieren!«

Ich rief aus: »In Allahs Namen, warum habt ihr mich hierhergebracht? Ich lebe noch, ich brauche die Hilfe eines Arztes. Warum hat man mich derart behandelt, und wer war dieser unglückliche junge Mann in dem Käfig, der am Baum hing?«

»Er ist der Neffe des Königs dieses Landes«, erwiderte einer der Abessinier, »und sein Vater saß einst auf dem Thron. Als er im Sterben lag, sagte er zu seinem Bruder: ›Sorge du für das Reich, mein lieber Bruder, bis mein Sohn alt genug ist, um zu regieren; ich werde nicht mehr lange auf dieser Welt sein. Wenn er im richtigen Alter ist, verheirate ihn mit deiner Tochter, und laß sie zusammen glücklich sein.‹

»Nachdem er dies gesagt hatte, starb der alte König. Sofort krönte sich der jüngere Bruder selbst zum König und ließ seinen Neffen, den er für verrückt ausgab, im Garten in den Käfig sperren.

Die Prinzessin ist seine Geliebte, und man hat sie auf diese grausame Weise voneinander getrennt, sie zu Hause, er im Käfig.

Durch dich sandte sie ihm einen Liebesbrief, aber die Späher erstatteten dem verruchten Thronräuber sofort Bericht. Eine Abteilung Abessinier wurde ausgesandt, um dich sofort zu töten. Der unrechtmäßige König hat beschlossen, daß die Prinzessin den rechtmäßigen König töten soll, um ihn aus seinem Elend zu erlösen.«

»Laßt uns umkehren«, sagte ich. »Dies müssen wir sehen, selbst dann, wenn auch wir sterben müßten.«

So kehrten die beiden Soldaten und ich um und verbargen uns in einer dunklen Ecke, um das Schauspiel zu sehen.
Der böse König saß auf seinem Thron, die Prinzessin hielt ein blankes Schwert in ihren zarten Händen. Sie hob das Schwert gegen ihren Geliebten, um ihn zu töten. Als sie aber dem Prinzen näherkam, warf sie das Schwert fort.
Sie warf sich dem Prinzen in die Arme und sagte zu ihm: »Ich habe diesen Vorwand benutzt, um dich sehen zu können, und sei es auch nur für einige wenige Augenblicke!«
Der König war äußerst erzürnt und befahl dem Wesir: »Du wirst es tun!« Die Prinzessin, die auf herzzerbrechende Weise schluchzte, wurde zum Serail fortgeschafft.
Mit einem Schlag trennte der Wesir dem unglücklichen Prinzen das Haupt vom Körper.
Als er sodann seinen Arm hob, bohrte sich ein Pfeil, dessen Herkunft unbekannt war, in die Stirn des Wesirs, der wie ein gefällter Baum zu Boden stürzte.
Den verstümmelten jungen Prinzen trugen sie zurück in seinen Käfig, und der falsche König zog sich in seine Gemächer zurück. Ich kam aus meinem Versteck hervor, niemand hatte mich kommen oder gehen sehen.
Ein Sklave brachte mich zur Prinzessin, die, als sie sah, daß ich verwundet war, nach einem Arzt schickte und sagte: »Heile diesen jungen Mann so schnell du kannst, dein Wohlergehen hängt davon ab!«
Nachdem vierzig Tage vergangen waren, war ich dank der Hilfe des Arztes wieder vollständig genesen.
Die Prinzessin belohnte daraufhin den Arzt und gab mir ein Ehrengewand. Auch ließ sie mir eine große Summe Geld zukommen, ein Vielfaches des Wertes der Dinge,

die sie von mir erworben hatte, und ich war hocherfreut.
Ich holte all meine Freunde und Kaufmannsgefährten zusammen, und mit unseren Dienern machten wir uns auf den Heimweg.
Als ich zu diesem Ort hier kam, legte ich den Garten an und meißelte diese Statue der Prinzessin.
Ich ließ mich hier nieder und entließ meine Freunde und meine Diener. Hier lebe ich in Frieden und Einfachheit und hoffe, meine Tage hier zu beschließen.
Hier lebe ich mit einem glücklichen Herzen und verehre diese Statue.«
O Derwische, als ich diese Geschichte hörte, legte ich das Pilgergewand an und machte mich auf, das Land der Franken zu besuchen.
Ich wanderte über Bergpässe, durch Flüsse und zog durch Ebenen, bis ich beinahe so verrückt war wie Madjnun.
Endlich kam ich zu dieser Stadt der Franken, in welcher der alte Götzenanbeter gewesen war.
Ich wanderte durch die Straßen, so wie er es getan hatte, und trieb mich oftmals in der Nähe des Hauses der Prinzessin herum. Aber niemals hatte ich das Glück, sie wirklich zu sehen, obwohl ich die Leute von ihrer Schönheit reden hörte.
Eines Tages, als ich im geschäftigen Bazar war, kam es zu einem großen Aufruhr, und die Leute begannen in alle Richtungen fortzulaufen. Zu meiner Überraschung sah ich, daß dies ein junger Mann verursachte, der herbeistürmte, sein Schwert drohend schwang und brüllte wie ein wilder Stier.
Als er mich erblickte, blieb er stehen, rollte mit den Augen wie ein Irrsinniger und schien mich in Stücke hauen zu

wollen. Ich aber blieb, wo ich war, und er ging an mir vorüber. Zwei Sklaven folgten ihm und trugen etwas, das wie ein Sarg aussah, der mit feinstem goldbesticktem Samt bedeckt war.

Neugierig wie ich bin, folgte ich ihnen und fragte mich, wo sie wohl hingingen und wie weit diese Scharade gehen würde.

Der junge Mann ging bis zu einem Haus von beeindrukkender Größe. Ich lief mit ihm mit. Er wandte sich um, und abermals schien es, als wolle er mir etwas antun, besann sich dann aber und blieb stehen.

»Nur zu«, sagte ich, »ich bin des Lebens überdrüssig und habe keine Angst vor dem Sterben; töte mich, wenn du willst.«

Er sah verblüfft aus. »Warum spielst du mit deinem Leben?« fragte er.

»Laß uns einen Ort finden, wo wir uns hinsetzen können, und ich will dir alles erzählen«, sagte ich. »Meine Geschichte ist lang, ich bin in eine teuflische Zwickmühle geraten. Meine Krankheit ist Liebe, und ich bin entschlossen, für sie mein Leben zu lassen.«

Er nahm mich mit in sein Haus und gab mir zu essen. Danach machten wir es uns auf einem Teppich bequem, lehnten uns zurück an feine Polster mit Bucharastickereien, und ich erzählte ihm alles. Als ich meine Geschichte beendet und ihm von dem alten Mann und der Statue der Prinzessin erzählt hatte und auch, daß ich hierhergekommen war, um, wenn es nur irgendwie möglich sei, einen Blick von ihr zu erhaschen, blickte er ernst drein.

»Oh, wenn du nur die Zahl der schuldlosen Männer kennen würdest, die diese märchenhaft schöne Prinzessin schon zugrunde gerichtet hat! Warte hier, und ich will sehen, was ich für dich tun kann.« Er sandte nach seinem Barbier, und ich wurde rasiert, gewaschen und in reine Gewänder gekleidet.

»Dieser Sarg, den du hier stehen siehst und der von den beiden Sklaven in den Innenhof getragen wurde, birgt den Leichnam jenes unglücklichen jungen Prinzen, der in dem Käfig war und der durch den Verrat eines Wesirs getötet wurde.

Ich bin sein Pflegebruder, und ich war es, der den Pfeil abschoß, der den Wesir tötete.

Seit damals habe ich es mir zur Aufgabe gemacht, den Sarg durch die Straßen tragen zu lassen und den Tod meines Bruders mit jeder Faser meines Wesens zu beklagen.«

Ich dachte: ›Allah hat es gefügt, daß dieser Verrückte freundlich gegen mich ist, vielleicht ist da ein tieferer Sinn dahinter verborgen, so daß ich erst einmal bei ihm bleiben sollte.‹ Und so sagte ich laut: »Ich verstehe deine Schwierigkeiten, mein Freund. Ich werde mich eine Weile bei dir niederlassen, wenn du damit einverstanden bist.«

»Auf jeden Fall«, antwortete er, »verweile unter meinem Dach, solange es dir gefällt. Komm mit mir, und ich werde dich zu dem Ort bringen, an dem sich die Prinzessin aufhält. Laß uns den Sarg meines ermordeten Bruders gemeinsam tragen, du an dem einen Ende und ich am anderen.«

So schleppten wir den Sarg mit uns und kamen schließlich zu einem großen Innenhof voller Sklaven und Diener, die Speisen und Getränke hin- und hertrugen.

Die Luft duftete nach kostbaren Essenzen, und in der Mitte plätscherten Brunnen, so kühl wie die Wasser des Paradieses.

Wir setzten unsere Last ab und sandten eine Botschaft an die Prinzessin, sie möge uns erlauben, sie zu sehen.
Zu meiner Überraschung kam nach kurzer Zeit die prächtig gekleidete Prinzessin selbst zu uns hinaus und stieg ein paar Stufen zu einem Thron mit samtenen Polstern. Ihr Antlitz war mit einem zarten, rosenfarbenen Schleier verhüllt. Vier Mädchen von äußerst verführerischer Gestalt und fast ebenso schön wie sie, begleiteten sie, eine jede in die jeweilige Tracht ihres Heimatlandes gekleidet.
Der Pflegebruder stand in ehrerbietiger Haltung mit gekreuzten Armen vor ihr und setzte sich dann auf eine Ecke des Teppichs. Nachdem die Totengebete gesprochen worden waren, sprach der Pflegebruder:
»O Perle der Welt! Friede sei mit dir! Wisse, daß der Prinz von Persien sein Land und seine Familie verlassen hat, da er von Eurer unvergleichlichen Schönheit und Vortrefflichkeit erfahren hat. Euretwegen hat der Pilger aus Balkh[1] sein Land verlassen, und lange Zeit ist er durch diese Stadt gewandert, allein und ohne Freunde, auf der Suche nach Eurem Anblick. Schließlich, da er aus Liebe zu Euch sterben wollte, trat er auf mich zu. Ich war schon daran, ihm mit meinem Schwert den Kopf abzuschlagen, aber er rührte sich nicht. Er suchte den Tod, wie er mir schwor, da er des Lebens überdrüssig ist. Ich bitte Euch, im Namen der Gerechtigkeit, habt Erbarmen mit ihm.«
Da verschob sich der Schleier der Prinzessin ein klein wenig zur Seite, und ich erblickte ihre außergewöhnlich schönen Züge und ihre großen, strahlenden Augen.
»Ist er wirklich ein Prinz?« fragte sie. »Ist er hier? Er mag vor mich treten.«

1 Stadt in Afghanistan, genannt ›Mutter der Städte‹

Sofort erhob sich der Pflegebruder und führte mich nach vorn.
Als ich die Prinzessin erblickte, begann mein Herz wie wild zu schlagen, beinahe verlor ich den Verstand, und es schien eine Ewigkeit zu sein, daß ich ihr in die Augen blickte.
Dann zog sie sich den Schleier wieder übers Gesicht, schritt mit Anmut die Stufen des Thrones hinunter, ging ein Stück und verschwand hinter dem Vorhang einer Tür.
Noch ganz gebannt von ihrem Zauber stand ich da, wie zu Eis erstarrt.
Mein neuer Freund brachte mich zu seinem Haus und berichtete mir: »Ich habe der Prinzessin alles über dich erzählt, die Geschichte deines Lebens und deiner Abenteuer von Anfang bis Ende; sie weiß jetzt alles über dich. Nun gehe hin zu ihr, jede Nacht, mache ihr deine Aufwartung und erfreue dich ihrer Gesellschaft!«
Als der Abend nahte, kehrte ich in den Palast zurück, setzte mich auf ein Polster und wartete auf ihr Erscheinen. Ich hatte etwa eine Stunde lang in der Empfangshalle gewartet, als sie langsam hereinkam. Sie sah schöner aus denn je, und in ihren regenbogenfarbenen Seidengewändern und all ihren Juwelen war sie so verwirrend wie die strahlende Sonne.
Bis auf eine junge Sklavin war niemand bei uns, und zu meiner großen Freude kam die Prinzessin zu mir und setzte sich auf ein Kissen neben mich; die Sklavin fächelte ihr mit einem Fächer aus Pfauenfedern Kühlung zu.
Ich dankte Allah, daß mir solche Freude zuteil wurde. Ich kniete nieder und küßte ihre elfenbeinfarbenen Füße, die in bestickten Sandalen steckten.

Sie sprach: »Erhebe dich und erniedrige dich nicht derartig vor mir. Es wäre besser, wenn du fortgingst, vielleicht in ein anderes Land – sobald als es dir möglich ist.«
»Aber ich habe dich doch eben erst gefunden! Sei mir wohlgesonnen, und laß mich dich betrachten!« rief ich.
Ich nahm sie bei der Hand, und einander in die Augen sehend spazierten wir durch das Haus, in den Garten und hinaus auf die Straße und durch die Stadt, bis wir nicht mehr wußten, wo wir waren, so groß war die Macht unserer Gefühle.
Als wir plötzlich erkannten, daß wir uns verirrt hatten, sagte die Prinzessin gereizt: »Ich kann nicht weiter, bringe mich sofort an einen Platz, wo ich mich ausruhen kann! Meine Füße sind wund. Du mußt verrückt sein, mich auf diese Weise aus meinem Palast zu bringen!«
»Mein Haus ist nicht weit von hier«, begann ich nun in meiner Verzweiflung zu lügen, »gedulde dich noch für ein paar Minuten!« Und wie das Schicksal es so wollte, kamen wir an ein großes Tor, dessen Schloß mit einem großen Klumpen roten Wachses versiegelt war. Während ich mich an dem Wachs zu schaffen machte, begriff ich, daß das Haus leerstehen mußte und bis zur Rückkehr des Eigentümers versiegelt worden war. Ich öffnete, und wir traten ein.
Es war ein überaus prächtiges Haus; Teppiche aus Schiras und Afghanistan bedeckten den marmornen Boden, Spiegel hingen an den Wänden, und auf dem mit Linnen aus Damaskus gedeckten Tisch standen mit Wein gefüllte Pokale bereit. Auf Tellern aus chinesischem Porzellan lagen Früchte und frisches Brot, in der Küche stand ein großer Teller mit gebratenem Fleisch, das soeben zubereitet worden war.

Wir waren so müde und hungrig, daß wir wie Wölfe über die köstlichen Dinge herfielen. Es kam uns so vor, als sei es eine Ewigkeit her, seitdem wir etwas gegessen oder getrunken hatten.
Danach verbrachten wir die Nacht in einem Bett mit feinstem weißen Linnen und Federdecken. Es war eine unvergleichliche Wonne, mit meiner wunderschönen Prinzessin in diesem märchenhaft hergerichteten Haus zu sein.
Als der Morgen kam, war die ganze Stadt wegen des Verschwindens der Prinzessin in Aufruhr.
An jeder Straßenecke wurden Bekanntmachungen angeschlagen, und von jedem Türmchen posaunten Herolde die Neuigkeit. Kuriere wurden ausgesandt, um jeden Winkel der Stadt abzusuchen, und in der gesamten dörflichen Umgebung wurden alle paar Schritte Wächter postiert. Keiner Ameise wäre es gelungen, ihren Angelegenheiten unentdeckt nachzugehen. Truhen und Schränke wurden geöffnet, und Keller und Dachstuben wurden von den königlichen Truppen durchsucht.
Kurz gesagt, die ganze Gegend war in Aufregung. Allerorten war verbreitet worden, daß jedem, der Nachricht über den Verbleib der Prinzessin bringen würde, tausend Goldstücke gegeben würden, und jedermann, ob hoch oder niedrig beteiligte sich an der Suche.
Es konnte nur noch eine Frage der Zeit sein, bis sie zu dem Haus kommen würden, in dem wir uns verbargen; und genau das passierte auch in kürzester Zeit. Eine verschrumpelte alte Hexe kam, ganz in Schwarz gekleidet und in der Hand eine Gebetskette, durch das Tor. (Da ich das Schloß zerbrochen hatte, ließ es sich nicht mehr

schließen.) Sie erhob das eine Auge, das sie hatte, gen Himmel und überschüttete meine Herrin, die in der Empfangshalle saß, mit Segenswünschen.
»O verehrte Herrin dieses Hauses«, jammerte sie, »ich bitte Euch im Namen von allem Heiligen um Eure Hilfe. Ich habe eine arme Tochter, die in diesem Moment unter großen Schmerzen in den Wehen liegt. Da ich nur eine arme Bettlerin bin, besitze ich nicht eine Kupfermünze, um etwas für das Mädchen zu kaufen, weder Öl für die Lampe noch Nahrung für einen von uns. Edle Herrin, gebt mir im Angedenken an Eure eigene Mutter ein wenig von irgend etwas, auf daß ich nicht mit leeren Händen in unsere elende Hütte zurückkehre!«
Meine geliebte Prinzessin erhob sich, und voller Herzensgüte gab sie der Frau den Ring von ihrer eigenen Hand sowie etwas Brot und gebratenes Fleisch, soviel wie diese schreckliche Hexe tragen konnte. Sie versprach der Frau auch, sie könne wiederkommen, wenn jene Vorräte zur Neige gingen; sie könne jederzeit soviel bekommen, wie sie brauchte.
Die heimtückisch dreinschauende Hexe, die ich vom ersten Augenblick an, als ich sie erblickte, haßte, segnete dann meine Herrin, lobte sie mit den außergewöhnlichsten und maßlosesten Sprüchen in den Himmel und ging fort.
Ich argwöhnte, daß sie irgend etwas Böses im Schilde führen könnte, denn mein Gefühl sagte mir, daß ihre Geschichte erlogen war.
Nun, kaum daß sie zur Türe hinaus war, warf sie die Nahrungsmittel fort, behielt nur den Ring und sagte: »Ah, nun habe ich einen Beweis, daß es die Prinzessin ist!« Als sie aber am Tor angelangt war, kam der Herr des Hauses

gerade zurück. Er ritt ein stattliches arabisches Pferd, und erfüllt von Wagemut hielt er einen Speer in der Hand. Als er das aufgebrochene Schloß sah und die Hexe mit einem schuldbewußten Ausdruck auf ihren verhutzelten Zügen herauskommen sah, stellte er sie sofort zur Rede. Er konnte aus ihrem Geschwätz nicht klug werden, daher ergriff er sie und band sie an einen Baum. Das Auftreten dieses Kriegers flößte mir Furcht ein. Aber meine Sorge war unbegründet, denn kaum hatte der Besitzer des Hauses die Prinzessin erblickt, beugte er sein Knie vor ihr, die er sofort erkannt hatte. Er schwor, daß niemand erfahren würde, daß sie hier sei und daß sie so lange bleiben könnte, wie sie es wünschte. Die Prinzessin lächelte und sprach: »Dieser Prinz brachte mich her, als ich müde war und meine Füße wund gelaufen hatte, nachdem ich den ganzen Weg vom Palast hierher gegangen war.« – »Ich will mein Leben für das Eurer Hoheit geben«, rief der Krieger aus. »Ich bin bereit, Euch und den Prinzen gegen alle Eindringlinge zu verteidigen; wer auch immer versuchen sollte, Euch hier fortzubringen, er wird es mit mir zu tun bekommen!«

»Treuer Untertan, ich danke dir von ganzem Herzen«, erwiderte sie.

»Wie ist dein Name?« fragte ich. »Sobald es mir möglich ist, werde ich dir diese deine große Treue der Prinzessin und mir gegenüber vergelten, was auch immer geschehen mag.«

»Ich bin Bihzad Khan«, sagte er. Ungefähr sechs Monate verbrachten wir in Frieden und völliger Sicherheit in seinem Haus, und er umsorgte uns mit jeglichem Überfluß.

Nur der Gedanke an meine Eltern und an mein Heimatland warf von Zeit zu Zeit einen dunklen Schatten auf das Wunder meines Lebens mit der Prinzessin.

Als Bihzad Khan mich einmal in dieser schwermütigen Stimmung antraf, erkundigte er sich: »Worin habe ich gefehlt, daß Ihr unglücklich seid unter meinem Dach? Sage es mir, o Prinz, und ich werde sogleich Abhilfe schaffen.«

»Es ist nichts, mein Freund, nur hin und wieder überwältigt mich die Erinnerung an zu Hause und an meine Eltern für wenige Augenblicke«, entgegnete ich. »Wer hätte jemals mehr für uns getan als du, der du uns mit solch großem Edelmut beschützt und für unseren Unterhalt sorgst.«

»Wenn du dieses Ortes überdrüssig bist, werde ich mit dir gehen und dich auf deiner Heimreise beschützen, selbst wenn es mich den Rest meines Lebens kosten sollte«, sagte der tapfere Gefährte.

›Vielleicht könnte ich mein Land zumindest für eine kurze Weile wiedersehen‹, sann ich und begann ernsthaft darüber nachzudenken. »Ich wäre nicht lange fort... Es ist meine Pflicht, nach solch einer langen Abwesenheit meine Eltern aufzusuchen, um mich von ihrem Wohlergehen und ihrem gegenwärtigen Befinden zu überzeugen. Da ich es unterließ, ihnen zu schreiben, wissen sie tatsächlich nicht einmal, ob ich noch lebe oder schon tot bin.«

»Prinz«, sagte der Mann, »ich werde für Euch das feinste Reitpferd aus turkmenischem Geblüt und für die Prinzessin eine syrische Stute kaufen, und alsdann werden wir, sobald du es wünschst, aufbrechen.«

Er stand zu seinem Wort und brachte uns am nächsten Tag die Pferde.

Als wir unsere Vorräte für die Reise zusammenhatten, ritten wir zum Stadttor und mit uns der Krieger, bewaffnet bis an die Zähne.

Am Tor standen drei bewaffnete Soldaten, und als wir vorbeigaloppierten, fegte sie Bihzad Khan einfach zur Seite. Nach kurzer Zeit bemerkten wir, daß uns eine Abteilung Soldaten verfolgte, die uns schon von weitem mit ihren in der Sonne glitzernden Speeren bedrohten. Da es schien, daß sie uns nicht in Ruhe lassen würden, wirbelte Bihzad Khan herum, fuhr unter sie wie ein Wolf unter die Schafe. Mit seinem großen Schwert schlug er dem Anführer den Kopf ab und schrie: »Nur zu, kommt nur her, denn ich bin Bihzad: wer auch immer seinen Kopf verlieren möchte, er möge mit mir kämpfen!« Die Soldaten, die ihren Anführer verloren hatten und nun diese Worte zu hören bekamen, kehrten um und ritten davon. Wie das Sprichwort sagt: ›Alles hängt vom Kopf ab. Wenn der fehlt, ist alles verloren.‹ So gelang es uns, jene Gegend in Frieden zu verlassen.

Um eine lange Geschichte abzukürzen: Wir reisten viele Meilen, zogen durch Flüsse und durch Täler mit blauen Seen und streiften die großen Salzseen.

Schließlich erreichten wir die entfernteste Provinz des Königreichs meines Vaters, und ich sandte einen Dorfbewohner mit einem Brief voraus zu meinem Vater, um ihm meine Ankunft in unserem Land mitzuteilen.

Als wir dabei waren, ein Boot zu nehmen, um ans andere Ufer unseres größten Flusses zu gelangen, sah ich an dieser Flußbank einen großen Aufmarsch der Edlen meines Vaters, der Emire und Wesire in den prächtigsten Gewändern und mit Trompetern und Fahnenträgern.

Ich trieb mein Pferd ins Wasser, schwamm frohgestimmt

über den Fluß und ritt auf meinen Vater zu, im Herzen allen Jubel dieser Welt.
Er umarmte mich tiefbewegt, und unser Glück, zusammen zu sein, war noch größer als zu der Zeit, in der ich noch ein Knabe gewesen war. Jedoch im nächsten Augenblick geschah ein Unglück. Als die Stute, die meine Prinzessin ritt, meinen turkmenischen Hengst losschwimmen sah, stürzte sie sich ebenfalls in den Fluß, um das andere Ufer auf dieselbe Weise zu erreichen. Aber die syrische Stute, die nicht so kräftig war wie mein Hengst, wurde von der Strömung abgetrieben, und die Prinzessin riß heftig an ihrem Zaumzeug. Die arme Stute wurde im wirbelnden Wasser umgerissen und zog die Prinzessin mit sich in die brodelnde Tiefe. Die Fluten trugen beide hinweg, während wir versuchten, sie zu retten. Hilflos mußten wir zusehen, wie sie unseren Blicken entschwanden.
Mit seiner gewohnten Tapferkeit stürzte sich Bihzad Khan auf seinem Pferd in den Fluß, um die Prinzessin zu retten. Aber auch er wurde von den heimtückischen Fluten verschlungen und konnte sich nicht befreien. Seinem Pferd gelang es, ans Ufer zu schwimmen, aber vom Körper des armen Bihzad war nichts zu sehen. Der König gab Befehl, den Fluß mit Schleppnetzen abzusuchen, aber obgleich sich Soldaten und die Fischer des Dorfes den ganzen Tag mit den Netzen mühten, fand man weder von der Prinzessin noch von dem Krieger eine Spur.
O Träger des Derwischgewandes! Könnt ihr euch meine Verzweiflung vorstellen, könnt ihr sie in eurem Herzen empfinden, um Mitleid mit mir in dem Moment zu empfinden, als ich erkannte, daß meine wunderschöne Prinzessin für immer verloren war? Gewißlich hatte seit

Anbeginn der Welt kein Mensch solche Qualen zu erdulden wie ich zu dieser Zeit. Wenn meine Prinzessin an einer Krankheit gestorben wäre oder in hohem Alter, hätte ich es vielleicht mit Fassung getragen, aber vor meinem Angesicht, im Augenblick der Freude über das Wiedersehen mit meinem Vater zu ertrinken...

In dieser Nacht schlug ich am Ufer dieses Flusses mein Lager auf, gedachte meiner verlorenen Liebe und beschloß, mich zu töten, indem ich mich in eben jenen Fluß stürzte, welcher auch ihr Leben ausgelöscht hatte.

Kaum stand ich bis zum Hals im Wasser, als ich von jenem verschleierten und in Grün gekleideten Reiter, der auch euer Retter war, aus dem Fluß gezogen wurde. Er tröstete mich und sprach: »Sei nicht so töricht, dein Leben, das Allah dir gegeben hat, wegzuwerfen. Die Prinzessin und Bihzad Khan leben. Hab Geduld, und du wirst sie bald wiedersehen. Gehe nun in das Land Roum. Wenn du die anderen Derwische triffst, die ebenfalls auf dem Weg dorthin unterwegs sind, wirst du das bekommen, was du über alles in der Welt begehrst. Lebe wohl!« Und damit verschwand er vor meinen Augen wie Schnee in der Wüste.

Nun, meine Derwischbrüder, ich bin hier bei dieser schicksalshaften Zusammenkunft und hoffe verzweifelt, daß das, was er sagte, wahr sein möge.

Dies ist meine wahre Geschichte, wie ich sie euch geschildert habe, und ich habe nichts hinzugefügt und nichts weggelassen.«

Die Abenteuer des vierten Derwischs

Als die Erzählung beendet war, setzte sich der vierte Derwisch bequem zurecht und begann:

»Oh, ihr Führer auf dem Rechten Weg, hört mir zu und urteilt selbst darüber, wie die Dinge in meinem Fall liegen.

Ich, den ihr hier in diesem erbärmlichen und mittellosen Zustand vor euch seht, war nicht immer so. Denn ich wurde als Sohn des Königs von China geboren. Von den ersten Jahren an wurde ich gut erzogen, und alle, die über mich wachten, überhäuften mich mit allen nur erdenklichen Freundlichkeiten. Ich wußte nichts von Krankheit, Armut oder Pein, wie sie in der Welt der Menschen vorkommen, denn ich wuchs im Reiche des Himmels beinahe wie ein Gott auf.

Ich wußte nicht, daß Menschen unter Bedingungen lebten und starben, die von den meinen gänzlich verschieden waren, und genoß jeglichen Überfluß.

Aber eines Tages starb mein Vater.

Bevor er aus dem Leben schied, sandte er nach seinem Bruder, welcher jünger war als er, und sprach: ›Lieber Bruder, nun, da ich an der Schwelle des Todes stehe, möchte ich dich mit meinem verbleibenden Atem um eines bitten. Sei meinem geliebten Sohn ein Vater, und bis er alt genug ist, um über dieses weite Land zu regieren, besteige du an seiner Statt den Thron. Wenn er im richtigen Alter ist, verheirate ihn mit deiner Tochter, Roshan Akhtar, und ich werde dich für den Rest deiner Tage vom Himmel aus segnen!‹

Nachdem er so gesprochen hatte, starb er.
Nun, mein Onkel regierte an meiner Stelle, bis ich ungefähr vierzehn oder fünfzehn Jahre alt war. Ich sah dem Tag entgegen, an dem ich alt genug sein würde, um meine schöne Kusine zu heiraten, der ich schon immer sehr zugetan war, und ich wartete in vollkommener Glückseligkeit auf die Zeit, wo ich die Herrschaft über meines Vaters Königreich antreten würde.
Ich pflegte oft bei einem Sklaven namens Mubarak zu sitzen und mit ihm zu sprechen. Mein Vater hatte ihn sehr geliebt, und er erzählte mir vielerlei Dinge.
›Allah sei gepriesen‹, sagte er. ›Du näherst dich nun dem Frühling deines Lebens und wirst bald mit deiner Kusine verheiratet werden, wie es der verstorbene König wünschte. Möge es dir, wenn du König bist, vergönnt sein, ein ebenso guter und großer König zu sein, wie dein verehrter Vater, gesegnet sei sein Andenken, es war.‹
Mubarak ging alsbald zum König und sagte: ›Eure Majestät, wann soll der junge Prinz verheiratet werden? Wäre es nicht eine gute Idee, sein Horoskop stellen zu lassen, auf daß wir den günstigsten und glückverheißendsten Zeitpunkt herausfinden?‹
›Du hast recht, alter Mann‹, erwiderte der König und gab vor, daran interessiert zu sein. ›Ich werde diesen Tag herausfinden lassen.‹
Als aber all die vielen Astrologen, die am Hof tätig waren, eine Zusammenkunft wegen meiner bevorstehenden Hochzeit abhielten, waren sie überaus besorgt.
›Herr‹, riefen sie vor meinem Onkel, ›dieses gesamte Jahr, das Jahr des Löwen, ist kein glückliches Jahr. Zum gegenwärtigen Zeitpunkt solltet Ihr Eure hochverehrte Tochter, Prinzessin Roshan Akhtar nicht mit dem Prinzen

vereinen. Die Sterne sind voll übler und unheilbringender Vorzeichen.‹

›Wann wird für sie ein glückverheißender sein, zu heiraten?‹ wollte mein Onkel wissen.

›Nun, das kommende Jahr scheint in jeder Hinsicht geeigneter zu sein‹, entgegneten sie.

Der König sagte zu Mubarak: ›Nimm den jungen Prinzen mit und sorge dafür, daß er sich ein weiteres Jahr seinen Studien widmet!‹ Ich machte meine Verbeugungen vor meinem Onkel und entfernte mich.

Einige Tage nach diesem Ereignis sah ich, wie mein alter Sklave Mubarak auf seinem Teppich saß und einen sehr niedergeschlagenen Eindruck machte.

›Was ist mit dir, alter Freund?‹ fragte ich. ›Erzähle mir alles, und ich werde mein bestes versuchen, um das, was falsch ist, in das Richtige zu verwandeln.‹

›Oh, daß ich diesen Tag noch erleben mußte!‹ rief der Sklave aus. ›Nie und nimmer hätte ich dafür sorgen sollen, daß dich dieser böse Tyrann zu Gesicht bekam.‹

›Mein Onkel!‹ rief ich erstaunt. ›Mein Onkel ein Tyrann?‹

›Ja, in der Tat, das ist er, auch wenn du, der du noch so unschuldig bist, das nicht erkennen kannst. All die Edelleute und Ratgeber deines Onkels haben, da sie dich so wohlgeraten und vernünftig sehen, den Wunsch, dich so bald als nur möglich auf dem Thron zu sehen.‹

›Nun gut, aber was soll das alles?‹ sagte ich. ›Bin ich nicht dazu geboren, eines Tages König zu sein?‹

›Nein, nein, du verstehst es nicht, mein Prinz! Dein Onkel beabsichtigt nicht, dich jemals regieren zu lassen. Gerade eben ließ er mich zu sich holen und befahl mir, dich auf irgendeine Weise insgeheim zu töten.‹

Zunächst konnte ich gar nicht fassen, was er gesagt hatte und starrte ihn verständnislos an.
›Um Himmels willen‹, sagte ich, ›dann will ich ihm den Thron überlassen, aber laß mir mein Leben, denn es wäre keine glückliche Lösung für mich, wenn ich von dieser Welt scheide, ohne daß ich von ihren wirklichen Wundern gekostet hätte.‹
›Ich habe mir soeben einen Plan überlegt‹, sagte Mubarak. ›Hab keine Angst, Prinz, überlasse alles mir! Wenn alles so gelingt, wie ich denke, wirst du gerettet sein. Wenn es eine Gerechtigkeit in dieser Welt gibt, wirst du leben.‹
Darauf brachte er mich zu einem Gemach, in dem mein Vater, der König, zu sitzen und nachzudenken pflegte. In der Mitte des Raumes stand auf einem Teppich aus Turkestan ein Schemel von wohl unschätzbarem Wert. Der alte Mann hob den Schemel hoch und zog den Teppich beiseite; darunter befand sich eine verborgene Tür.
Es gelang uns, sie zu öffnen, und ich sah Stufen, die nach unten führten. Ich befürchtete erst, in eine unterirdische Höhle gestoßen zu werden. Aber so war es nicht. Mubarak stieg zuerst in die Dunkelheit hinab, zog mich mit sich und schloß hinter uns die Tür.
Am Ende der Treppe war ein Raum, der zu einem anderen führte, der wiederum zu dem nächsten Raum führte. In jedem Raum hingen riesengroße, vasenförmige Gefäße, die aus Gold gemacht waren, an starken, goldenen Ketten von der Decke herab. In jeder dieser Vasen waren Schätze verborgen, wie ich sie, der ich seit meiner Kindheit an jeden Überfluß der Welt gewohnt war, noch nie zuvor gesehen hatte.
Da gab es Perlen, kostbar geschliffene Diamanten, Rubine

und Smaragde, so groß wie Enteneier, Aquamarine, Perlen aus Lapislazuli, Korallen und feurige Opale.
In den vier Räumen zählte ich sechzig Vasen, jede mit kostbaren Dingen und mit Gold- und Silberbarren gefüllt. Obenauf in jeder Vase lag ein mit Edelsteinen besetzter Affe aus purem Gold.
›Was sollen diese Affenfiguren bloß bedeuten?‹ wollte ich wissen.
›Dein verstorbener Vater, gesegnet sei sein Andenken, schloß Freundschaft mit dem König der Dschinn‹, sagte Mubarak, ›und jedesmal, wenn er von einem Besuch bei dem König der Dschinn zurückkehrte, kam er mit einem edelsteinbesetzten goldenen Affen zurück. Einst sagte ich zu ihm: ›Majestät, warum kommt Ihr immer mit diesen häßlichen Affennachbildungen zurück, wo Ihr doch stattdessen einen Rubin aus Badakschan, der nicht seinesgleichen fände, oder einen Smaragd aus den Minen des Schahs haben könntet?‹
›Schweig Mubarak!‹, sagte dein Vater zu mir. ›Du weißt nur die Hälfte. In jedem dieser Affenfiguren, so klein sie sind, schläft ein tausendmächtiger Dschinn, der seinem Besitzer zur Verfügung steht. Nun, wenn ich den vierzigsten Affen von meinem Freund, dem König der Dschinn bekommen habe, stehen sie mir völlig zu Gebote.‹ Aber in dem Jahr, als der König starb, da waren es erst neununddreißig Affen hier im Schatzhaus. Wenn du nun selbst zum König der Dschinn gehen könntest und ihn an die langjährige Freundschaft, welche deinen Vater mit ihm verband, erinnern würdest, wird er dir vielleicht den vierzigsten Affen geben. Zumindest ist es einen Versuch wert, denn bedenke, welche Macht du besäßest, wenn dir so viele Dschinn als Helfer zur Verfügung stünden.‹

›O Mubarak‹, antwortete ich ihm, ›du bist nun der einzige, der mir die Wahrheit sagen wird, tu das, was du für mich am besten erachtest.‹
›Ich werde in die Läden gehen und sehen, was ich an Weihrauch und anderen passenden Dingen finde, auf daß du sie Maliki Sadik, dem König der Dschinn, überreichen kannst‹, erwiderte er und verabschiedete sich.
Am nächsten Tag ging er zu meinem verruchten Onkel und sagte: ›O Pforte der Weisheit und Quell des Wissens! Ich habe einen Plan ersonnen, um den Prinzen zu vernichten.‹
›Sprich, ich bin begierig, ihn zu hören!‹, sagte der König.
›Ich werde ihn mit in die Wälder nehmen, ihn dort töten und begraben‹, sagte der Sklave, ›und niemand wird jemals erfahren, was ihm zugestoßen ist.‹
›Vortrefflich‹, erwiderte der König lächelnd, ›es kann gar nicht schnell genug geschehen. Tu, was du für richtig hältst, und bring mir die gute Nachricht, sobald es geschehen ist.‹
Sofort, nachdem er den königlichen Audienzsaal verlassen hatte, kam Mubarak zu mir und sagte: ›Nun ist es an der Zeit.‹ Wir packten ein paar Habseligkeiten zusammen und meine Geschenke für Maliki Sadik, die in seidene Tücher eingeschlagen waren, und machten uns im Dunkel der Nacht zu Fuß auf den Weg. Beim Morgengrauen waren wir schon weit von meiner Heimatstadt entfernt. Da wir Seitenwege und wenig bekannte Pfade nahmen, gelang es uns, unentdeckt in die Provinz zu gelangen.
Es war ein langer, mühsamer Fußmarsch, bis Mubarak endlich zu mir sagte: ›Mein Prinz, wir sind im Herrschaftsbereich von Maliki Sadik angelangt. Seine Untergebenen sind scharenweise um uns.‹

Ich blickte um mich und strengte meine Augen an, konnte jedoch nichts von einem Dschinn entdecken.
›Laß mich deine Augen mit der Salbe von Suleiman bestreichen‹, sagte Mubarak und zog ein Fläschchen aus der Tasche, das eine Paste aus schwarzem Pulver enthielt, und bestrich meine Augen mit einem Stift, den er darin eingetaucht hatte.
Im Handumdrehen konnte ich nun eine ganze Armee von Dschinn ausmachen, die alle um uns herumstanden und weitere, die oben in der Luft waren. Viele von ihnen erkannten Mubarak, umarmten ihn und scherzten mit ihm.
Sie nahmen uns mit zu den Zelten von Maliki Sadiks Lager, welches ein wundervoller Anblick war.
Diener aus den unterschiedlichsten Ländern und verschiedener Grade standen mit gekreuzten Armen vor den Zelten, in denen sich unzählige Vornehme, Befehlshaber des Militärs und Weise aufhielten. Inmitten all dieser Zelte stand ein großer Pavillon, in dem auf einem mit unzähligen Edelsteinen besetzten Thron der König der Dschinn saß.
Sein Gewand war mit Perlen von solchem Glanz und solcher Größe bestickt, daß ich blinzeln mußte, als ich hinschaute. Er trug eine herrliche goldene Krone, die strahlte wie die Sonne.
Mir wurde bedeutet, daß ich mich setzen durfte, und während der König mich freundlich ansah, erzählte Mubarak meine Geschichte und fügte hinzu: ›Es verhält sich nun so, Eure Majestät, daß dieser Prinz jetzt zu Euch gekommen ist und um Eure Hilfe bittet, damit er durch die Beschwörung der Macht, die im vierzigsten Affen verborgen ist, und den Eure Majestät seinem verstorbenen

Vater, Eurem Freund, versprochen haben, den Thronräuber vertreiben kann. Ihm bleibt nur noch die Hoffnung auf Euren Beistand, o Majestät.‹

›Ich bin betrübt über den Tod meines Freundes‹, erwiderte Maliki Sadik, ›und wäre auch gerne bereit, seinem Sohn auf jede erdenkliche, mir mögliche Weise zu helfen. Im Augenblick bin ich jedoch von Dingen in Anspruch genommen, die sehr unangenehm sind. Wenn der junge Mann mir in dieser Angelegenheit helfen kann und mich nicht auf eine bei Sterblichen übliche Weise hintergeht, dann werde ich ihm ein Freund sein, mehr noch, als ich es bereits seinem kürzlich verstorbenen Vater war. Wenn er das, worum ich ihn bitten werde, zu einem glücklichen Abschluß bringt, dann kann ich ihm alles gewähren, was man sich in dieser Welt nur wünschen kann.‹

Ich beugte mein Knie und sprach: ›Ich werde alles tun, alles, worum Ihr mich bittet, und ich verspreche, alles genauso zu tun, wie Eure Majestät es wünschen.‹

›Du bist noch ein Knabe‹, gab der König der Dschinn zu bedenken, ›und wirst mich vielleicht auch hintergehen, menschliche Schwäche ist, was sie ist. Denn schließlich seid ihr aus Erde gemacht, während wir aus Feuer geschaffen sind.‹

›Allah wird mir beistehen‹, sagte ich mit Überzeugung. ›Er wird mich nicht verlassen.‹

Darauf zog der König der Dschinn eine Elfenbeinminiatur aus seiner Tasche, die das Porträt einer wunderschönen edlen Frau zeigte; nie zuvor hatte ich etwas Derartiges erblickt. Sofort fühlte ich mich, als ob mir die Seele aus dem Körper gezogen würde, und ich wurde schwach wie ein Neugeborenes. ›Nun‹, sprach der König, ›ich wünsche, daß du so lange nach dieser Frau suchst, bis du sie gefunden hast, und wenn du sie gefunden hast, bringe sie her zu mir. Es ist mir gleich, wie lange du dafür brauchst, und selbst wenn es den Rest deines sterblichen Lebens benötigte, gehe zu ihr und sage ihr, daß ich sehr große Zuneigung zu ihr hege. Wenn du dies tust, sollst du jede Belohnung haben, die du willst.

Alles, was ich will, ist die Anwesenheit der Frau auf diesem Bildnis hier bei mir. Geh, und möge dir baldiger Erfolg beschieden sein!‹

Ich nahm das Bildnis in meine Hand und betrachtete es lange. Es hatte eine überaus wunderbare Wirkung auf mich; ich fühlte mich stark und war erpicht darauf, sofort mit der Suche zu beginnen. Es war, als könne ich diesem lieblichen Antlitz mitteilen, daß ich ihm bald leibhaftig begegnen würde, komme, was da wolle.

Ich nahm Abschied vom König der Dschinn und verließ mit Mubarak sein Herrschaftsgebiet.

Um eine lange Geschichte abzukürzen: Sieben Jahre lang wanderten wir von Land zu Land, von Erdteil zu Erdteil, von Ozean zu Ozean, von Dorf zu Dorf, und noch immer hatten wir das lebendige Gegenstück zu dem Bild nicht finden können.

An jedem Ort erfuhren wir, daß wir sie gerade verfehlt hatten. Die Leute berichteten uns: ›Ja, letzte Woche ist sie hier gewesen‹, oder ›Nein, wir haben sie seit einigen Monaten nicht mehr gesehen‹, oder ›Nun, ihr Gesicht kommt uns bekannt vor, aber wir können uns nicht mehr daran erinnern, wann genau sie hier war‹. Und so ging es in einem fort, von einem beschwerlichen Jahr zum nächsten, bis ich schließlich mit meinem treuen Mubarak zu einer großen Stadt kam, in welcher sie den Einen Gott[1] verehrten.

›Almosen, Almosen, um der Liebe Allahs willen!‹ rief ein blinder Bettler aus Hindustan, während er sich mit seinem krummen Stock die Straße entlangtastete. Ich fühlte Mitleid mit ihm und gab ihm aus meiner Tasche gemäß dem Brauch, die erste Münze, die meine Finger berührt hatten. Es war ein Goldstück, und ich gab es ihm mit Freuden.

›Tausend Segenswünsche über dich!‹, rief er aus, als er es mit der Zunge betastete und seinen Wert erkannte.

›Du bist fremd hier?‹ fragte er, wobei er nach meiner Hand tastete und sie küßte.

›Ja‹, erwiderte ich matt, ›und während der letzten sieben Jahre bin ich viele Tausende von Meilen gereist und habe ohne Erfolg nach der edlen Frau gesucht, die ich finden muß, damit ich den Wunsch meines Herzens erlangen kann. Allah allein weiß, wie lange ich noch werde suchen müssen.‹

›Kommt mit mir, Herr!‹ sagte der blinde Mann. ›Ich werde Euch Ruhe und Obdach in meinem bescheidenen Heim geben, wenn Ihr die Güte habt, mir zu folgen.‹

Ich ging in die Richtung, welche mir der blinde Mann wies, und bald kamen wir zu einem großen, leicht verfallenen Gebäude, das sicherlich schon bessere Tage gesehen hatte. Indem er sich mit seinem Stock vorantastete, führte mich der alte Mann durch den Torweg zu einem Springbrunnen in der Mitte einer großen Halle.

Eine sanfte weibliche Stimme rief hinter einer Säule hervor: ›Wie ist es dir heute ergangen, lieber Vater?‹

1 Allah

›Meine liebste Tochter‹, sagte der blinde Mann freudig, ›ein vornehmer Herr gab mir eine Goldmünze, so daß wir nun für viele Tage zu essen haben.‹

Ich blickte in die Richtung, aus der die wohlklingende Stimme gekommen war, und sah, wie sich uns ein Mädchen näherte, welches das genaue Ebenbild der Miniatur war, die ich bei mir trug.

Da fehlte keine Einzelheit von jenem schönen Porträt, das ich inzwischen ganz und gar auswendig kannte. Die mandelförmigen Augen mit den langen schwarzen Wimpern, das ovale Gesicht mit der elfenbeinfarbenen Tönung und der rosige Mund, welcher mit Perlen besetzten Korallen glich. Mubarak stützte mich, da ich ein wenig taumelte. ›Was ist dir, mein Prinz?‹ flüsterte er. ›Bist du krank?‹

›Nein, nein‹, murmelte ich, ›ich bin wohlauf, es fehlt mir nichts. Es ist – es ist nur, daß dieses die Herrin ist, welche wir suchen!‹

Dann sagte ich mit lauterer Stimme: ›O ihr Geschöpfe Allahs, wenn ihr mir erlaubtet, hier bei euch zu verweilen, wäre ich euch sehr verpflichtet, denn in dieser fremden Stadt habe ich nirgends einen angenehmeren Ort gefunden, so bescheiden es hier auch sein mag. Erlaubt ihr mir, hier zu bleiben?‹

›Gewiß sollt Ihr unser Gast sein, so lange Ihr es wünscht‹, antwortete der alte Mann bescheiden, ›denn Ihr habt uns heute einen Schatz gegeben, wie wir ihn nicht mehr besessen haben, seit wir arm geworden sind. Aber sage uns, wer seid Ihr, und warum seid Ihr hierher gereist?‹

›Ich kann euch nicht verbergen, daß ich der Sohn des verstorbenen Königs von China bin‹, erwiderte ich. ›Und unter meines Vaters Schätzen befand sich ein Bild‹ (Vom

König der Dschinn erwähnte ich nichts, da ich fürchtete, meine Zuhörer zu ängstigen) ›von einer Dame, so lieblich, daß ich in dem Augenblick, da ich es erblickte, fast den Verstand verloren hätte. Und ich begann, in dieses Pilgergewand gekleidet, überall in der Welt nach ihr zu suchen.‹

Nachdem ich diese kurze Erklärung beendet hatte, welche ich für sie als hinreichend erachtet hatte, seufzte der alte Bettler tief und sagte: ›Ah, nun solltest du von der Trübsal, die meine Tochter hier umgibt, hören; kein Mann kann je mit ihr vermählt werden oder sich an ihr erfreuen.‹

›Warum‹, fragte ich, wobei meine Augen noch immer auf dem schönen Mädchen ruhten. Ich bat ihn, mir genau zu erzählen, was es damit auf sich hat, und keine Einzelheit auszulassen. Er begann:

›Höre, Prinz aus der Fremde, und du wirst alles erfahren, was damit zusammenhängt. Ich stamme aus einer sehr angesehenen Familie, welche in dieser Stadt seit vielen Jahren geschätzt und geachtet wurde. Wie auch schon mein Vater vor mir bekleidete ich ein hohes Amt am Hofe.

Allah schenkte mir diese Tochter, und als sie zur Frau heranwuchs, wurde offenbar, daß sie große Schönheit und ein heiteres Gemüt geerbt hatte. Der Prinz der Stadt vernahm von ihrer Lieblichkeit, und, obwohl er sie nie gesehen hat verliebte er sich in sie.

Aus Liebe zu ihr aß und trank er nicht und wurde dünn wie eine Vogelscheuche.

Der König, sein Vater, sah die Veränderung an seinem Sohn mit großer Kümmernis und, da er die Macht meiner Tochter über seinen Sohn erkannt hatte, sandte sofort nach mir. Er sagte, saß meine Tochter seinen Sohn heiraten müsse, da der Prinz sonst sterben würde. Obwohl es mir recht widerstrebte, denn ich wollte meine liebe Tochter gern noch ein Weilchen in meinem Haus haben, so ließ ich mich schließlich doch überzeugen, daß es eine große Ehre für sie wäre, Prinzessin zu werden. Und eines Tages würde sie sogar Königin werden.

Ich stimmte zu, und sofort wurden die Hochzeitsvorbereitungen getroffen.

An einem glückverheißenden Tag versammelten sich all die Vornehmen, und die Hochzeit wurde angemessen gefeiert.

Aber in der Mitte der Nacht, als der Bräutigam die Braut zu dem mit Goldbrokat bedeckten und mit Wandteppichen aus Buchara verhangenen Bett geführt hatte, war ein schrecklicher Schrei zu hören. Er kam aus der Hochzeitskammer. Und da die Wachen fürchteten, Schreckliches könne geschehen sein, brachen sie die verschlossene Tür auf.

Der grauenvolle Anblick, der sich jenen bot, die hineingingen, überstieg ihre Fassungskraft. Der königliche Bräutigam lag blutüberströmt mit abgetrenntem Haupt auf dem Boden, während die Braut mit Schaum vor dem Mund besinnungslos danebenlag, ebenfalls blutüberströmt.

Sobald der König die Kunde vernommen hatte, eilte er herbei, und als er seinen Sohn so verstümmelt sah, weinte er. Da es zu dem, was geschehen war, keine Zeugen gab, befahl der König, der Braut den Kopf abzuschlagen.

In dem Augenblick, als der König dies befahl, erhob sich ein schrecklicher Tumult im Palast. Jeder Raum war erfüllt von Klagegeschrei, von Weinen und von dem Gebrüll wilder Tiere, bis der König aus dem Palast heraus auf die Straße lief. Er befahl, das Mädchen aus dem Palast zu entfernen, und verbot ihr bei Todesstrafe, ihn jemals wieder zu betreten.

Das arme Mädchen, das nicht wußte, wie ihm geschah, und das seines Bräutigams auf so grausame Weise beraubt worden war, wurde heimlich in mein Haus zurückgebracht. Und von jenem Augenblick an wollte niemand in der Stadt mehr etwas mit mir zu tun haben. Ich verlor meine Stellung als Oberaufseher am Hofe und muß mir seither mein tägliches Brot auf den Straßen erbetteln, um zu leben und um mein geliebtes Kind vor dem Verhungern zu bewahren.

Die Leute, die meine Freunde waren, sind nun meine bittersten Feinde geworden, und überall in der Stadt streuen sie über mich alle nur erdenklichen Lügen und Verleumdungen schlimmster Art aus.

Als die vierzig Trauertage vorüber waren und sich der Hof wieder versammelte, fragte der König seine Wesire und Emire: ›Was ist da zu tun?‹ Und sie alle antworteten: ›Eure Majestät, es ist großes Leid über Euch gekommen, und wir haben unseren künftigen König verloren, aber unter diesen Umständen scheint es nichts zu geben, das getan werden kann. Dieser Tumult ist offensichtlich das Werk von Dämonen; das ist alles, was wir sagen können.‹

›Ich werde das Mädchen und ihren Vater zum Tode verurteilen!‹ schrie der König in seiner Verzweiflung. ›Sie sind die Verantwortlichen für dieses schreckliche Ereignis, dessen bin ich mir sicher.‹

So wurde mein Haus von Wachen umstellt, und sowohl am Haupt- als auch am Hintereingang wurden Soldaten postiert. Man forderte mich auf, mit meiner Tochter her-

auszukommen, damit man uns zur Hinrichtung führen könne.
Kaum hatte der Hauptmann der Wache diese Worte ausgesprochen, als ein Hagel von spitzen Steinen auf die Soldaten herabprasselte, und den Hauptmann traf ein Pfeil ins Auge. Kochendes Wasser ergoß sich über die Köpfe der Krieger, und sie flohen davon wie Spreu im Wind. Während der ganzen Zeit, in der dies geschah, erklangen die teuflischsten Töne wie das Brüllen wilder Tiere oder das Wehgeschrei von verdammten Seelen in der Hölle.
Und eine Stimme, die nur der König hören konnte, sprach direkt in sein Ohr: ›Weh dir, wenn du das Mädchen oder ihren Vater belästigen oder auf irgendeine Weise angreifen läßt. Sonst wirst du dasselbe Schicksal erleiden, welches deinem Sohn widerfahren ist. Denke an meine Worte und sei gewarnt!‹
Zutiefst erschrocken gab der König folgende Anweisungen: ›Niemand soll diese beiden belästigen, laßt sie in Ruhe und fügt ihnen in keiner Weise Schaden zu. Das ist ein Befehl von mir!‹
Von jenem Tag an waren wir vor Belästigungen sicher. Aber immer wieder aufs neue versuchten die Astrologen und weisen Männer des Königs, herauszufinden, was es war, das uns schützte, und ob es Hexerei oder Teufelskunst oder etwas anderes sei.
Die Einwohner der Stadt verlasen besondere Verse aus dem Koran, um sich vor uns zu schützen.
Sie glauben, wir seien von Allah verflucht. All dies geschah vor langer Zeit, und ich habe meine Tochter oft gefragt, was sie bei dem Angriff, bei dem ihr Gemahl getötet wurde, gesehen hat. Und jedesmal sagt sie zu mir: ›Ich weiß nichts, nur daß sich, als mein Gemahl mit mir

das Bett zu teilen wünschte, die Decke des Raums zu öffnen schien und sich ein Thron, besetzt mit Tausenden von Edelsteinen auf den Boden unseres Gemachs niedersenkte. Auf dem Thron saß ein junger Mann, der in die allerprächtigsten Gewänder gekleidet war, und bei ihm waren viele Diener, die ihm aufwarteten.

Dieser junge Mann kam zu mir und sprach: ›Meine Teuerste, meine Liebste, wie kannst du erwarten, daß du mir entkommst, indem du diesen Sterblichen zum Mann nimmst?‹ Ich bemerkte, daß er und all sein Gefolge gespaltene Hufe hatten, wie Ziegen oder Rehe. Mein Herz schien beinahe stillzustehen, als ich ihm in die Augen blickte, die schwarz und funkelnd waren, so als seien sie mit Antimon bemalt. Ich fiel einfach in Ohnmacht und weiß nicht, was dann geschah, außer, daß dann die Wachen die Tür aufbrachen und mich aus dem Raum trugen.‹

Seit dieser Zeit leben wir nun in diesem baufälligen Palast. Wir hatten weder Diener noch die Mittel, um diesen Ort wieder herzurichten, als er nach und nach in den Zustand geriet, in den du ihn jetzt siehst. Seit ich mich erinnern kann, ist er im Besitz meiner Familie, und ich bin nicht imstande, ihn zu verlassen, und besonders seit ich erblindete nicht mehr.

Jeden Tag gehe ich betteln, und manchmal erhalten wir genug, um am Abend zu essen, aber es ist ein hartes Leben und ein schlechtes für meine schöne Tochter. Warum, in Allahs Namen, soll sie zu solch einem Los verdammt sein? Ich kann es nicht verstehen!

Dieses Gold, das du uns so großzügig gegeben hast, bedeutet, daß meine Tochter sich endlich ein neues Kleid kaufen kann und wir für viele Tage zu essen haben.

Stünde sie nicht unter dem Einfluß irgendeines Dämonen oder Dschinni, würde ich sie dir geben und mich als Vater glücklich schätzen. Aber denke nicht mehr an sie, sie ist verhext und wäre besser tot!‹

Bei diesen Worten weinte der alte Mann in seinen Bart.

Aber ich war durch diese Geschichte durchaus nicht beunruhigt, so erstaunlich sie auch war, und bat den alten Mann, mich mit seiner Tochter zu vermählen, da ich von dem Augenblick an, als ich ihr Bild zum ersten Mal gesehen hatte, in Liebe zu ihr entbrannt sei.

Der alte Mann verbot mir jedoch, von meiner Liebe zu seiner Tochter auch nur zu sprechen, und beschwor mich abermals, diesen Plan aufzugeben. Er sagte, daß ich völlig verrückt sein müßte.

›Mubarak‹, sagte ich zu meinem alten Sklaven, als wir in jener Nacht in einem der Räume, die uns der alte Mann gegeben hatte, zusammensaßen, ›was soll ich tun? Hier zu sein und sie, die ich so hingebungsvoll liebe, zu sehen, ohne ein Wort von meiner Liebe sprechen zu dürfen, ist wie Galle in meinem Mund. Ich habe alles versucht, was ich konnte, um die Einwilligung ihres alten Vaters zu erhalten.‹

›Sei nicht so beunruhigt, Prinz‹, erwiderte Mubarak, ›es wird uns schon etwas einfallen. Denkst du, wir haben die letzten sieben Jahre soviel gelitten und sind so weit gereist, um ohne sie zurückzukehren?‹

So legten wir uns schlafen, und ich wälzte mich hin und her wie ein Schiff auf dem Meer, das dem Sturm ausgeliefert ist. Ich sah in meinen Träumen nur das schöne Mädchen, das ich liebte, und das Herz brach mir, daß ich von ihr getrennt war, obgleich es nur während der Stunden der Nacht war.

Jeden Tag bedrängte ich den alten Mann aufs neue, brachte ihm Früchte und Süßigkeiten oder Kleidungsstücke und bestürmte ihn, als ob mein Leben davon abhinge, was, wie ich fühlte, in der Tat auch der Fall war. Einen Monat später wurde der alte Bettler krank, und ich brachte ihm Arzneien und bezahlte den Ärzten eine große Summe Geld, daß sie ihm die beste Behandlung zukommen ließen, die möglich war. Ich pflegte ihn selbst anzukleiden und fütterte ihn mit Suppe oder Reis und war ihm wie ein Sohn. Eines Tages sagte er: ›O Prinz, du hast ein wahrhaft hartnäckiges Wesen; du erinnerst mich an das Sprichwort, daß stetes Wasser einen Stein aushöhlt! Nun, du hast meinen Widerstand ausgehöhlt, und da ich mich heute so sehr besser fühle, will ich mit meiner Tochter sprechen. Aber denke daran, versprechen kann ich dir nichts, denn sie muß aus freien Stücken zu dir gehen wollen. Ich würde sie niemals zwingen, jemanden zu heiraten, den sie nicht liebt. Ich bin dir dankbar, daß du mir die besten Ärzte und Arzneien geschickt hast, die du finden konntest, und ich segne dich dafür.‹

›Mögest du lange leben, alter Mann!‹ erwiderte ich. ›Ich hoffe, daß ich dich bald Vater nennen darf.‹

Und wieder verbrachte ich eine schlaflose und unruhige Nacht, und mein Kopf war fieberheiß.

Als ich den alten Mann am nächsten Morgen sah, lächelte er zu meiner großen Freude und nickte mir freundlich zu.

›Ja, ja, tatsächlich‹, sagte er, ›meine Tochter will dich haben, und es scheint, daß sie dich ebenso liebt wie du sie. Allah sei gepriesen! Ich gebe sie dir mit meinem Segen – aber wehe! Ich fürchte, ich kann dich vor dem, was dann kommt, nicht schützen. Denke daran, sie stammt aus einer guten Familie; und ich bin sicher, sie wird dir eine treue und liebende Gattin sein!‹

Nach dieser Unterredung wurde der alte Mann schwächer und schwächer und starb bald darauf in Frieden.

Mubarak brachte die schöne Tochter in einer Sänfte zu mir, während ich in das Serail ging, um Vorbereitungen für unsere Abreise zu treffen.

›Erinnere dich‹, sagte Mubarak, ›daß du niemals vergißt, daß diese Dame Maliki Sadik gehört; du hast geschworen, sie unberührt zu ihm zu bringen. Wage es nicht, ihn zu hintergehen, denn er wird euch beide vernichten!‹

›O Freund meiner Kindheit‹, rief ich aus, ›was habe ich hier an diesem Ort mit dem Gesetz des Königs der Dschinn zu schaffen? Was geschehen soll, wird geschehen; was geschrieben steht, ist geschrieben. Laß mich nun an meiner Geliebten mich erfreuen. Sie liebt mich ebenso, wie ich sie liebe; dies berichtete mir ihr Vater kurz bevor er starb.‹

›Unseliger Knabe!‹ rief der Sklave voll Verzweiflung. ›Besinne dich für einen Augenblick, bevor du auf diese törichte Weise handelst! Hat dich Maliki Sadik nicht gewarnt und dir auf unmißverständliche Weise bedeutet, was du zu tun und zu lassen hast? Er ist von wahrhaft königlicher Gesinnung, und wenn du sie zu ihm bringst, wie er es verlangt hat, gibt er sie dir vielleicht als ein Zeichen seiner königlichen Gunst, wenn du ihm von den Gegebenheiten eurer gegenseitigen Liebe erzählst.

Aber zunächst mußt du sie ihm unberührt bringen, wie du es dir vorgenommen hast. Bedenke auch, daß du dich des vierzigsten Affen für würdig erweisen mußt. Hast du alles vergessen, was es mit deinem eigenen Thron auf sich hat?‹

Ich schwieg. Ich wollte nicht an all meine Schwächen erinnert werden. Die Wahrheit zu hören, war für meine Ohren nichts Angenehmes. Ich fing an, Mubarak zu hassen, so wie ich niemals gedacht hätte, ein anderes menschliches Wesen hassen zu können, geschweige denn meinen treuen Sklaven.

Wir kauften zwei Kamele und machten uns auf, die endlose Ebene zu durchqueren. Ich selbst und die Prinzessin auf dem einen Kamel, der Sklave Mubarak auf dem anderen und über uns jeweils ein Zelt, um die Sonnenglut abzuhalten. Unsere wenigen Habseligkeiten hatten wir diesen grummelnden, schwerfällig stapfenden Tieren um die Hälse gehängt.

Wir zogen weiter und weiter, und schließlich waren wir im Land von Maliki Sadik angelangt. Bald hörte man laute Geräusche, und Mubarak rief aus: ›Vortrefflich, die ganze Armee der Dschinn ist um uns herum.‹ Er fragte, was sie vorhätten. Sie erwiderten, daß sie vom König gesandt seien, uns zu empfangen und daß sie nun dem Befehl des Prinzen unterstünden. Ich dankte ihnen, und wir zogen die Nacht und den Tag über in ihrer Begleitung weiter. Ich hatte die wunderschöne Dame in jeder Hinsicht geachtet und nicht einmal einen Finger an sie gelegt; und sie, die von meiner Lage wußte, hatte auch nicht versucht, mich von diesem schmalen Pfad der Tugend abzubringen.

Eines Nachts hörte ich sie so laut weinen, daß ich nicht anders konnte, als sie in meine Arme zu schließen, um sie zu trösten. Als Mubarak sah, daß wir uns umarmten, sagte er: ›Habt acht, daß ihr nicht weiter geht als bis zu diesem Punkt. Aber ich habe einen Plan. Mir ist eine Salbe bekannt, die den König der Dschinn möglicherweise abstößt, wenn sich die Herrin damit einreibt, und er wird Widerwillen empfinden, sich ihr zu sehr zu nähern.‹

Ich fühlte die alte Zuneigung zu meinem Sklaven zurückkehren, und wir setzten die Reise leichten Herzens fort und legten viele Meilen zurück.

Am nächsten Tag hörten wir wieder den Lärm der Dschinn, dieses Mal viel lauter als zuvor, und wir wußten, daß wir unseren Bestimmungsort erreicht hatten.

Als wir von unseren Kamelzelten herabstiegen, wurden uns vielerlei Geschenke überreicht, und wir badeten und kleideten uns in unsere neuen Kleider. Mubarak rieb den wundervollen weißen Leib meiner Geliebten gänzlich mit der Salbe ein und brachte sie, nachdem sie einige köstliche Datteln gekostet hatte, mit großem Prunk zu Maliki Sadik, dem König der Dschinn.

Als er sie erblickte, neigte sich der König mir huldvoll zu und sprach: ›Ich bin dir zu Dank verpflichtet, Prinz von China, und ich will dich belohnen, wie ich es versprochen habe. Das Königreich deines Vaters harrt deiner; du bist mir wie ein Sohn.‹ In diesem Augenblick drang der Geruch der Salbe zu ihm herüber, und voller Abscheu rümpfte er die Nase.

Er erhob sich und ging auf und ab, wobei er sich abwechselnd die Nase mit einem seidenen Taschentuch rieb und es sich dann wieder vor den Mund hielt.

Er rief meinen Sklaven Mubarak zu sich und fragte ihn: ›Sage mir, was ist das für ein widerwärtiger Geruch?‹ Und Mubarak gab zur Antwort: ›Es ist nichts, was mit mir zu tun hätte, Herr, ich kann es nicht begreifen.‹

Darauf wandte sich Maliki Sadik an mich und schrie erzürnt: ›Nun, dann ist es dein Werk!‹ und ich dachte, er wollte mich töten.

Da ich um mein Leben fürchtete, zog ich meinen Dolch aus dem Ärmel und stieß ihn dem König ins Herz.
Es schien, daß es ihm überhaupt nichts ausmachte, und ich beobachtete gebannt, wie er die Form einer Kugel annahm und hoch in die Luft flog.
Dann aber schoß er gleich einer Kanonenkugel herunter, fiel mir auf den Kopf und schlug mich besinnungslos. Er schlug mich derartig hart, daß es mich wundert, wieso ich nicht in tausend Stücke zersprang.
Als ich wieder zu mir kam, befand ich mich im Freien, unter einer gnadenlosen Sonne liegend. Rings um mich war eine Wildnis, nichts als Wüste und Dornen, und über mir kreisten die Geier.
Ich erhob mich, und als ich auf ein oder zwei Reisende traf, schienen sie sich davor zu fürchten, mit mir zu sprechen, ja selbst meine unschuldige Frage ›Habt ihr Maliki Sadik gesehen?‹ zu beantworten. Jeder, den ich fragte, schien mich für verrückt zu halten, denn alle antworteten, sie hätten den Namen noch nie zuvor im Leben gehört.
Eines Tages stieg ich auf einen Berg, ernährte mich dort von Beeren und Blättern und beschloß, mich vom Gipfel herabzustürzen.
Gerade als ich daran war, in die Tiefe zu springen, erschien mir jener verschleierte, grüngekleidete Reiter mit dem Schwert Zulfikar an seiner Seite.
Er sprach: ›Warum willst du das Buch des Lebens schließen, bevor du nicht einmal die Hälfte davon gelesen hast? Die Tage deines Unglücklichseins sind nun vorüber; du mußt das nächste Kapitel lesen. Geh, eile nach Roum, dort haben sich an einer bestimmten Stelle an dem und dem Ort drei Leute versammelt, die durch Schwierigkeiten gegangen sind, die den deinigen gleichen.

Triff dich mit ihnen und mit dem Monarchen dieses Landes, und die Wünsche von euch fünfen werden für ein künftiges Glück in Erfüllung gehen.‹
Dies ist meine Geschichte. Nun sollten wir am Ende unseres Elends angelangt sein.«

Kaum hatte er aufgehört zu sprechen, als ein Eunuch hereingelaufen kam, sich vor König Azad Bakht auf den Boden warf und rief: »O König der Welt, Ihr seid wieder Vater geworden, ein Licht ist heute in den Harem gekommen, welches den Ort erleuchtet, als wenn es die Sonne wäre! Der Mond ist verfinstert und die Milchstraße verdunkelt!«
Der König sah überrascht aus und sprach: »Keine meiner Frauen hat mir gesagt, daß eine von ihnen ein Kind erwartet.«
Der Mann erwiderte: »Eure Majestät, es ist die Sklavin Mahru, die in der letzten Zeit nicht in der Gunst Eurer Majestät stand. Sie hat einen Sohn geboren, ein so schönes Kind, wie man es noch nicht gesehen hat!«
Der König war hocherfreut und bat die Derwische, ihn und den Jungen zu segnen. Das taten sie mit großer Freude und sprachen: »Friede sei über deinem Haus, und möge deine Größe in den Herzen deines Volkes für immer weiterleben!«
»Ich muß fort, um den jungen Prinzen zu sehen«, sagte Azad Bakht, »so erbitte ich eure Erlaubnis, eure erleuchtete Gesellschaft verlassen zu dürfen.« Sofort erteilten sie ihre Zustimmung, und sein Herz war voll Dankbarkeit, als er zum Harem ging.

Der König ordnete dann ein allgemeines Freudenfest an, das sieben Tage und sieben Nächte andauern sollte, und er machte die Armen reich und ließ die Gefangenen frei. All seinen Emiren und Wesiren gab er mehr Land und Titel, der Armee bewilligte er höheren Sold, den Witwen gab er neue Kleider und spendete große Summen Geldes für die Erziehung der Waisen. Kurz gesagt, dem ganzen Land kam seine edelmütige Aufmerksamkeit zugute.

Die Bauern wurden von ihren Abgaben befreit, und es wurden neue öffentliche Gebäude errichtet, neue Gebetsorte wurden angelegt, und die Bettler hatten Silberstücke in den Taschen.

In den Häusern von hoch und niedrig freute man sich gleichermaßen, und ein jeder erhielt von den Begünstigungen.

Plötzlich, mitten in all diesen Freudenfeiern, kam plötzlich lautes Weinen und Wehklagen aus dem Harem, und die Vorsteherin der Kindermädchen kam heraus und riß sich voller Verzweiflung die Haare aus und die Kleider vom Leib.

»Der Prinz! Der neue Prinz!« schrie sie. *»Verschwunden!* Fortgebracht!«

»Fortgebracht? Von wem?« brüllte der König.

»Ich weiß es nicht«, schluchzte sie. »Als ich ihn in Rosenwasser badete, senkte sich eine Wolke von der Decke herab, hüllte den Prinzen ein und trug ihn fort!«

Der König war wie vom Donner gerührt und konnte die Nachricht nicht glauben. In dem einen Augenblick war sein Sohn da und im nächsten fort. Welche Teufelei war das?

Drei Tage und drei Nächte lang weinte jeder und trauerte

um den kleinen Prinzen, und dann ereignete sich etwas Zauberisches.
Von eben jener Decke, durch die er verschwunden war, senkte sich eine Wiege an goldenen Ketten herab. Sie war behängt mit goldenem Zierat von der Art, wie ihn Kinder lieben, und besetzt mit Edelsteinen.
In der Wiege lag der kleine Prinz, schön wie die Sonne, gekleidet in Gewänder, die so zauberhaft waren, daß sie nicht von Menschenhand gefertigt sein konnten, und nuckelte in vollkommener Zufriedenheit an seinem Daumen.
Seine Mutter nahm ihn mit tränenüberströmtem Gesicht hoch und konnte nicht aufhören, vor Freude über seine Rückkehr zu schluchzen.
Um den Hals trug er eine Kette mit neun Edelsteinen, und neben ihm lag eine Rassel mit goldenen Kugeln. Seine Pantoffeln waren aus Samt, gesäumt mit Süßwasserperlen. Die Decke, mit dem das Kind zugedeckt war, war über und über mit Hunderten von erbsengroßen Perlen übersät.
»O Prinz, mögest du ewig leben!« riefen die Frauen im Harem und beteten für seinen Schutz und sein Wohlergehen.
Um seine Freude zu zeigen, hatte der König einen neuen Palast bauen lassen, ihn schlicht ausschmücken und für die Derwische geeignet herrichten lassen, so daß die vier solange darin leben konnten, wie es sich für sie als notwendig erweisen würde.
Sobald er sich seinen vordringlichen Regierungsangelegenheiten, denen er während des Tages nachzugehen hatte, entziehen konnte, pflegte er zu ihrem Haus zu gehen, die Mahlzeiten mit ihnen einzunehmen oder mit

ihnen Dinge von gegenseitigem Interesse bis spät in die Nacht hinein zu bereden.

Aber an jedem ersten Donnerstag im Monat geschah etwas Zauberisches im Harem.

Dieselbe Wolke, die sich herabgesenkt hatte, um den kleinen Prinzen mitzunehmen, kam herunter wie zuvor, hüllte das Kind ein und entschwand mit ihm. Nachdem zwei Tage vergangen waren, brachte ihn die Wolke zurück, und jedesmal war seine Wiege voller Spielzeug aus aller Herren Länder, und an seiner Seite lagen reich verzierte Gegenstände aus Holz oder Gold oder Edelsteinen. Jeder, der diese Stücke sah, war verwundert, so selten und kostbar waren sie.

Als sieben Jahre vergangen waren, ging der König zu den vier Derwischen und sprach: »O Freunde Allahs, es quält mein Gemüt, daß ich nicht weiß, wohin mein Sohn jeweils am ersten Donnerstag des Monats gebracht wird. Wie kann ich herausfinden, wer es ist, der ihn fortbringt, und wohin er geht?«

»Dann schreibe einen Brief, o König«, sagten die vier Derwische, »den du dann in seine Wiege legst und frage, wer es ist, der sich seiner annimmt, und warum er es tut, und sage, daß deine Besorgnis schwinden würde, wenn du es nur wüßtest!«

Dies tat der König und legte den Brief in einen Beutel, der mit goldenem Faden zugenäht war, und legte ihn am folgenden Donnerstag in die Wiege des Kindes.

Wie es üblich war, verschwand der kleine Prinz auf gewohnte Weise.

In jener Nacht saß der König wie gewöhnlich mit den Derwischen zusammen, als ein Brief zu ihren Füßen auf den Teppich fiel.

Er war an den König gerichtet, der ihn öffnete und las. Er war sehr verwirrend für ihn, und er las ihn nochmals, diesmal laut für die vier Derwische vor.

»Auch ich bin besorgt. Es ist an der Zeit, daß wir uns begegnen sollten. Alles ist vorbereitet, nur dein Platz ist leer.«

Als er fertig gelesen hatte, kam ein großer Thron aus dem Nichts herunter; und König Azad Bakht bestieg ihn mit den vier Derwischen. Er flog durch die Lüfte und landete sanft an einer Stelle, an der sich große Gebäude gleich Gebirgsketten in den Himmel erhoben.

Jemand rieb die Augen von allen fünfen mit der Salbe Sulaimans ein, und im Handumdrehen erblickten sie Hunderte von Feen, gekleidet in regenbogenfarbene Seide, die mit Rosenwasserbesprengern in den Händen darauf warteten, sie zu empfangen. Tausende von feenhaften Geschöpfen standen in dicht geschlossenen Reihen da, entsprechend ihrem Rang, ein jeder an seinem oder ihrem Platz, mit ehrerbietig vor der Brust gekreuzten Armen.

Azad Bakht wurde zu einem erhöhten Thron geführt, der so groß war wie ein sehr breites Bett und der mit den seltensten Smaragden besetzt war und auf dem bereits Malik Schah Bal, der Sohn von Rukh, und vor ihm ein wunderschönes kleines Mädchen aus dem Feengeschlecht saß, das mit dem jungen Prinzen Bakhtiyar spielte. Unzählige Angehörige aus dem Geschlecht der Feen saßen auf Sesseln und Stühlen, auf Kissen und Polstern, die in langen Reihen angeordnet waren.

Malik Schah Bal erhob sich, als er Azad Bakht erblickte, stieg von seinem Thron herab und umarmte ihn herzlich. Er nahm ihn bei der Hand und führte ihn zu dem freien Platz neben sich.

Den ganzen Tag lang feierten sie, die Menschen und das Feenvolk, mit großer Freude, bis es Schlafenszeit und jeder imstande war, in vollkommenem Frieden zu schlafen.

Am zweiten Tag wollte Schah Bal vom Azad Bakht wissen, warum er die vier Derwische mitgebracht hatte.

»Diese Männer haben ohne eigenes Verschulden viele Entbehrungen durchlebt und ungeheure Mühsal erduldet, und ich bitte dich, ihnen beizustehen. Mit deiner Hilfe werden sich die Wünsche ihrer Herzen erfüllen.«

»Gewiß werde ich alles tun, was in meiner Macht steht«, erwiderte Malik Schah Bal. »Aber willst du mir nicht ihre Geschichte erzählen?«

Als Azad Bakht die Geschichte der vier Derwische erzählt hatte, neigte der andere sein Haupt und sprach: »Nun, da ich alles vernommen habe, werde ich ihnen mit allen mir zu Gebote stehenden Mitteln helfen.«

Er setzte sich an sein Pult und schrieb Briefe an alle großen Dschinn, die an über die ganze Welt verstreuten Orten herrschten. Er befahl ihnen allen, vor ihm zu erscheinen und jeden Menschen mit sich zu bringen – wer auch immer es wäre – den sie versteckt oder gefangen hielten oder sonst irgendwie unter ihrem Einfluß hatten.

Und er warnte sie davor, auch nur eine Spur von seinem Befehl abzuweichen; er würde es erfahren und sie entsprechend bestrafen.

Wer ihn auf irgendeine Weise hinterging, der würde mit all seinen Frauen und seiner ganzen Familie auf eine Weise ausgelöscht werden, daß keine Spur mehr von ihnen übrig wäre.

Zauberwesen wurden mit diesen vom Malik Schah Bal geschriebenen Briefen in alle Richtungen ausgesandt; und die beiden Könige saßen beieinander, um sich gegenseitig an ihrer Gesellschaft zu erfreuen, bis daß die Zeit gekommen war, wo sich die Dinge wenden würden.

»Ich habe immer den großen Wunsch verspürt, einen Sohn zu haben«, sagte Malik Schah Bal an die vier Derwische gewandt, »und gedachte, falls ich jemals ein Kind haben würde, es – sei es ein Junge oder ein Mädchen – mit einem Angehörigen des Menschenvolks zu vermählen. Denn obgleich sie aus Erde geformt wurden – nicht aus Feuer sind wie wir –, so gibt es unter ihnen doch viele von sehr schöner Gestalt, und einige sehen sogar aus wie wir, obgleich sie unglücklicherweise dazu verdammt sind, nach einigen wenigen Jahren auf dieser Erde zu sterben.

Als mir meine Gemahlin ein Mädchen gebar, ließ ich in allen Richtungen nach einem Prinzen suchen, der zum gleichen Zeitpunkt geboren war, und ihn zu mir bringen.

Es dauerte nicht lange, da war ein geeignetes menschliches Wesen gefunden, und jedesmal, wenn ich ihn in mein Reich hatte holen lassen, spielte ich mit ihm, bis ich schließlich überaus begeistert von ihm war.

Eigentlich hätte ich ihn am liebsten für immer bei mir behalten, aber mein Herz gedachte seiner Eltern, und damit sie nicht glauben sollten, er sei tot, sandte ich ihn regelmäßig wieder dahin zurück, von wo er gekommen war. Aber ich habe vor, sobald sie alt genug sind, meine Tochter mit diesem jungen Prinzen, der jetzt erst etwa sieben oder acht Jahre alt ist, zu vermählen.«

Als König Azad Bakht dies hörte, war er sehr erfreut und, was diese Angelegenheit betraf, augenblicklich beruhigt.

»Zuerst war ich in der Tat über das Verschwinden meines

Sohnes verzweifelt«, sagte er, »aber nun, da ich deine Geschichte gehört habe, stelle ich es dir anheim, ihn sooft es dir gefällt, zu Besuch zu haben. Mein Sohn ist dein Sohn, tu mit ihm, was dir beliebt!«

Innerhalb von zehn Tagen kamen die Könige der Dschinn aus allen Teilen des Erdballs dort zu Festlichkeiten zusammen, wie es sie noch nie zuvor gegeben hatte.

Zuerst wurde von Maliki Sadik verlangt, das menschliche Geschöpf, das sich in seinem Besitz befand, die rosenwangige Tochter des blinden Mannes, herauszugeben.

Als nächstes befahl er dem Monarchen der Dschinn, seine Tochter dem Prinzen von Nimros zu geben, der aus Liebe zu ihr verrückt geworden war.

Als aber nach dem tapferen Bihzad Khan und der Tochter des Königs der Franken verlangt wurde, da schworen alle Anwesenden, daß sie nichts von ihnen wüßten.

Zu guter Letzt wurde der König des Sees von Kulzum gefragt, ob er Kenntnis von ihnen hätte, und da lief er rot an und stotterte. Dies war der Beweis seiner Schuld, und Malik Schah Bal drohte ihm mit entsetzlichen Schwierigkeiten für ihn und seine Familie bis in alle Ewigkeit, wenn die Dinge nicht in Ordnung gebracht würden. So trat er vor und sprach: »Eure Majestät, die genauen Umstände in diesem Fall sind folgendermaßen: Als der König von Persien zu dem Fluß kam, um seinen Sohn und dessen neue Braut zu empfangen, geschah es, daß ich mich an eben jenem Ort mit meinen Falken zur Jagd befand. Nach einem kurzen Blick in das makellose Antlitz dieser edlen Frau, die auf ihrer Stute saß, war ich von ihrem Anblick vollständig verzaubert. Es geschieht nicht oft, daß einer aus unserem Geschlecht in Liebe zu einem Menschen entbrennt; in der Tat ist es viel zu oft umgekehrt, aber mir geschah es eben. Der Pfeil der Liebe traf mein Herz, und ich mußte sie bekommen. Ich befahl meinen Feen, sie zusammen mit der wundervollen syrischen Stute zu mir zu bringen; und kaum gesagt, da war es schon getan.

Als sich Bihzad Khan ebenso in den Fluß stürzte, um sie zu retten, da bewunderte ich seine Ritterlichkeit und seine Tapferkeit derart, daß ich ihn ebenfalls aufgriff. Sie sind beide in Sicherheit und wohlauf bei mir.«

Er sandte nach ihnen und ließ sie vor Malik Schah Bal bringen.

Dann kam die Reihe an die Tochter des Königs von Syrien. Erkundigungen wurden eingeholt, und alle anwesenden Dschinn wurden aufs strengste befragt, aber es ließ sich keine Spur finden.

Daraufhin erkundigte sich Malik Schah Bal, ob irgendeines der Oberhäupter der Feen oder Dschinn abwesend sei.

»Ja, Herr«, kam die Antwort, »ein großer, teuflischer Dschinn, namens Musalsal Jadu, der sehr hochmütig und kaum zu kontrollieren ist, blieb in seinem Schloß, in den Bergen von Kaf. Durch seine mächtige Zauberkraft hat er sich tief in jenem Schloß verborgen, und wir konnten ihn nicht herausholen. Wir sind nicht stark genug, um gegen seine Zauberkräfte anzukommen.«

Als Malik Schah Bal diese Nachricht vernahm, wurde er tatsächlich sehr zornig und schrie, daß er Musalsal Jadu vernichten werde, und wenn er dazu bis zum Jüngsten Tag bräuchte. Und falls die Prinzessin nicht sofort unversehrt und wohlbehalten vor ihn gebracht würde, seine Festung dem Erdboden gleichzumachen sei und seine Ländereien umzupflügen und Salz darauf zu säen sei.

Ungeheure Mengen an Feentruppen flogen zur Burg, und

der aufsässige Dschinnfürst wurde vor Malik Schah Bal geführt. Als der hochmütige Musalsal gefragt wurde, wo die Prinzessin versteckt sei, verweigerte er die Antwort. So hieb man ihn in tausend Stücke und zerstreute seine Überreste in alle Winde.

Die Festung wurde dem Erdboden gleichgemacht, nicht ein Stein stand mehr auf dem anderen, da war nicht einmal mehr der Schatten eines Steines. Das ganze Land um das Schloß herum wurde in eine Salzwüste verwandelt, und niemals mehr wuchs dort wieder auch nur ein Grashalm.

Nun begann eine umfangreiche Suche in den Höhlen des Kaf-Gebirges, und in der allerletzten Höhle fand man schließlich die Prinzessin, die mit ihrem schönen langen Haar an einen Eisenring gefesselt war. Die Feen befreiten sie und brachten sie unverzüglich zu Malik Schah Bal.

Bei den Gefangenen und den vier Derwischen herrschte große Freude; sie alle hatten die Gerechtigkeit des Königs erkannt und priesen ihn über alle Maßen.

Malik Schah Bal befahl sodann, die edlen Frauen in den Harem zu bringen, damit sie dort gekleidet und für die Hochzeiten hergerichtet würden. Der ganze Ort war vom Boden bis unter die Decke hell erleuchtet, gleich einem lebenden Berg aus Licht.

Als dann alles vorbereitet war, begann das Fest. Der Prinz von China (der vierte Derwisch) wurde mit der Tochter des blinden Mannes aus Hindustan vermählt – mit jener, welche im Besitz von Maliki Sadik war. Der Prinz von Nimros wurde mit der Tochter des Dschinn vermählt, Bihzad Khan mit der Tochter des Königs von Nimros. Der Prinz von Ajam (der dritte Derwisch) wurde mit der Prinzessin der Franken verheiratet, und der Prinz von Persien (der zweite Derwisch) mit der Prinzessin von Basra. Der junge Kaufmann aus dem Jemen (der erste Derwisch) wurde mit der Prinzessin von Damaskus verheiratet und der Prinz Bakhtiyar mit der Prinzessin Roshan Akhtar. Nach den Hochzeitsfeierlichkeiten währte das Feiern und Tanzen vierzig Tage lang, und ein jeder vergnügte sich, bei Tag und bei Nacht.

Als die vierzig Tage und vierzig Nächte vorüber waren, gab Malik Schah Bal jedem Prinzen reiche Geschenke und erlaubte ihnen allen, in wirklicher Glückseligkeit in ihre Heimatländer zurückzukehren. Und alle riefen Segenswünsche auf das Haupt Malik Schah Bals und auf seine Vorfahren herab, durch dessen Gunst und Hilfe die Herzenswünsche aller in Erfüllung gegangen waren.

Bihzad Khan, der große Krieger, und der Sohn des Kaufmanns aus dem Jemen blieben auf ihren Wunsch hin bei König Azad Bakht. Der Junge aus dem Jemen wurde bald Oberhaushofmeister des Königs und Bihzad Khan Oberbefehlshaber der Armee des vom Glück begünstigten Prinzen Bakhtiyar; und solange sie lebten, waren sie in jeder Hinsicht erfolgreich.

So endet dieses Buch; und ich hoffe, daß, wer auch immer es liest, sich fühlen möge, als ob er durch einen Garten spaziere.

Wenn es einige Fehler geben sollte, so mögest du sie verzeihen, denn hat nicht jeder Garten seine Dornen?

Inhalt